中国烹饪协会
美食营养专业委员会 **推荐**

新编
合手
家常菜
328例

13 健康餐桌 COOK BOOK

《健康餐桌》编委会 编

重庆出版集团 重庆出版社

健康生活
从关注餐桌开始

　　随着社会的进步和物质生活水平的提高，人们开始从"吃饱"向"吃好"转变。想要吃得可口，又要兼顾营养，则需要对烹饪技术有所掌握。面对中国历史悠久、博大精深的饮食文化，以及全国各大菜系浩如烟海的食谱，我们究竟从何处学起呢？

　　如果您经常为每天做什么菜而烦恼，为不知如何搭配营养而困惑，不妨看看这套由美食营养专家精心指导及推荐的《健康餐桌》系列丛书。

　　《健康餐桌》系列丛书，精选的菜谱很有特色，一是所选多为全国普及率最高、深受大众喜爱的菜肴；二是将最简单易行的烹饪技巧与最经济营养的食材组合起来，适合普通老百姓居家使用；三是美味与营养结合紧密，既满足味蕾又有益健康。特别注重介绍实用的基本饮食保健常识，面向大众的同时，也关照到了孕产妇、婴幼儿，高血压、高血脂、高血糖等特定人群。

　　书中精挑细选数百例家常菜肴，且特色鲜明。老菜新做，新菜巧做，南北皆宜，图文并茂，简单易学，经典实用。

　　我们将《健康餐桌》系列丛书推荐给广大读者，希望将美味、营养、健康和快乐送到千家万户！

《健康餐桌》编委会

目录 Contents

Part 01 从小爱吃的家常菜

总 有些菜，我们百吃不厌。总有些菜，我们闭着眼睛就能想象出它们的样子。总有些菜，我们是如此熟悉它们的味道。这些就是我们从小就爱吃的家常菜，那么平凡，又那么亲切……

🍲 东坡肉

【材料】 猪五花肉 500 克、鸡骨 150 克。

【调料】 姜粒、葱段、花椒、盐、料酒、酱油、肉汤、植物油各适量。

做法

① 猪肉刮洗净，与洗净的鸡骨同时放入沸水锅内焯烫捞出，沥水，抹酱油；将姜粒、葱段、花椒用布包成料包。

② 锅内倒油烧至五成热，将猪肉放入，肉皮炸至金黄色捞出。

③ 锅内放入皮朝下的猪肉、肉汤，大火烧沸，去浮沫，加料包、料酒、盐、酱油，转小火炖，盛盘，汤汁收浓浇肉上即可。

🍲 家常扒五花肉

【材料】 带皮猪五花肉 500 克。

【调料】 腌料（酱油、豆瓣酱、甜面酱、水淀粉、料酒）、葱末、姜片、盐、鸡精、植物油各适量。

做法

① 五花肉刮洗净，煮至八成熟，捞出晾凉，抹匀腌料腌渍，放入热油锅内炸至金红色，捞出晾凉，切片，装盘。

② 锅留底油，放姜片、料酒、酱油、盐、鸡精炒匀，倒入装肉片的盘中，撒上葱末，入笼蒸 30 分钟即可。

🍲 红油猪蹄筋

【材料】 猪蹄筋 300 克。

【调料】 花椒、大料、红油、葱花、盐、鸡精、淀粉、香油各适量。

做法

① 猪蹄筋洗净，切成段，加淀粉轻轻揉搓，用清水洗净。

② 高压锅中倒入清水烧沸，放入猪蹄筋，加入花椒、大料，压 30 分钟后，捞出沥水，晾凉切片，放入盘中。

③ 将红油、葱花、盐、鸡精拌匀，浇入盘中，淋上香油即可。

滑熘里脊丝

〔材料〕 猪里脊肉 350 克、黄瓜 100 克、鸡蛋 1 个（取蛋清）。

〔调料〕 葱片、盐、料酒、水淀粉、植物油各适量。

做法

1. 猪里脊肉洗净，切成薄片，用蛋清、料酒、盐抓拌均匀，加水淀粉拌匀，腌渍 10 分钟；黄瓜洗净，切斜片。

2. 锅内倒植物油烧热，放入肉片过油，待变色捞出沥油。

3. 锅留底油，爆香葱片，倒入黄瓜煸炒，再加入肉片同炒，加盐调味，最后用水淀粉勾芡即可。

猪肉炖粉条

〔材料〕 带皮猪五花肉 500 克、粉条 100 克、白菜心少许。

〔调料〕 植物油、料包（花椒粒、葱段、姜片）、酱油、盐、白糖、鸡精各适量。

做法

1. 猪肉刮洗净，切块，拌上酱油；粉条洗净，泡软；白菜心洗净。

2. 炒锅加油烧至七成热，下入猪肉炸至金黄色，捞出沥油。

3. 煲锅置火上，放猪肉块、粉条，加料包、酱油、白糖、水烧沸，转小火炖熟，放入白菜心稍煮，加盐、鸡精调味，捞出料包。

板栗炖排骨

〔材料〕 排骨 400 克、板栗 100 克。

〔调料〕 葱段、姜片、盐、鸡精、料酒、高汤、冰糖、香油、植物油各适量。

做法

1. 排骨洗净，斩块，放入沸水锅中焯烫；板栗去壳、去衣膜备用。

2. 锅中倒入植物油烧热，下板栗仁炸至外酥时捞起。

3. 锅留底油烧热，爆香葱段、姜片，放排骨，加料酒、盐、冰糖煸炒，加板栗、高汤烧透，加鸡精调味，淋香油即可。

梅菜扣肉

〔材料〕 带皮猪五花肉 500 克、梅干菜 100 克。

〔调料〕 植物油、酱油各适量。

做法

1. 猪五花肉肉皮刮洗净，放入凉水锅中煮至八成熟，捞出，沥水，切片，趁热抹上酱油。

2. 锅内倒水大火烧热，将猪五花肉肉皮朝下整齐地码在碗内，肉上放上梅干菜，均匀倒入酱油，入锅蒸 30 分钟至肉烂，取出即可。

爆炒腰花

【材料】鲜猪腰 200 克，冬笋片、水发黑木耳各 50 克。

【调料】植物油、酱油、盐、鸡精、料酒、蒜片、葱末、醋、水淀粉各适量。

做法

1. 鲜猪腰洗净，对半剖开，去腰臊，剖成麦穗花刀，切长条，加酱油、水淀粉拌匀腌渍；黑木耳去蒂，与冬笋片洗净，焯水。
2. 把酱油、醋、盐、鸡精、料酒、水淀粉调成芡汁。
3. 锅内倒植物油烧至九成热，放入腰花滑至卷缩成麦穗状，烹入料酒，迅速捞出。
4. 锅留底油烧至六成热，爆香蒜片、葱末，加冬笋片、木耳略炒，倒入芡汁，放入腰花，迅速颠翻即可。

熘肥肠

【材料】熟猪肥肠 300 克，油菜 15 克，水发玉兰、胡萝卜、水发冬菇各 10 克。

【调料】植物油、醋、酱油、花椒水、料酒、鸡精、葱段、姜末、蒜末、水淀粉各适量。

做法

1. 把熟猪肥肠切斜刀片；水发玉兰、胡萝卜去皮分别洗净，切片；油菜洗净，切段；水发冬菇去蒂洗净，切两半。
2. 将酱油、醋、花椒水、料酒、鸡精、水淀粉调成芡汁。
3. 锅内倒油烧至八成热，将猪肥肠倒入过油，捞出沥油。
4. 锅底留油烧热，用葱段、姜末、蒜末爆香，放入玉兰片、油菜、胡萝卜、冬菇略炒，放入猪肥肠，烹入芡汁，翻炒均匀即可。

番茄炖牛腩

【材料】牛腩 500 克、番茄 250 克、土豆 100 克。

【调料】葱段、姜片、番茄酱、盐、鸡精、白糖、植物油各适量。

做法

1. 牛腩洗净，去筋膜，切小块，入沸水中焯烫，快速捞出；番茄洗净，放沸水焯烫去皮，切块；土豆洗净，去皮，切块。
2. 锅置火上，放入牛腩、葱段、姜片，加适量清水，大火烧沸，转小火煮熟，捞出。
3. 锅内倒植物油烧热，加葱段、姜片、番茄酱炒香，加入煮熟的牛腩块、牛肉汤、土豆块炖至熟烂，加番茄块炖 10 分钟，加盐、白糖、鸡精调味即可。

土豆烧牛肉

【材料】牛肉 300 克，土豆 150 克，青椒、红椒各 1 个。

【调料】葱姜末、植物油、大料、桂皮、盐、白糖、酱油、鸡精各适量。

做法

1. 牛肉洗净，切小块，放沸水锅中焯水，去掉血沫；土豆洗净，去皮，切小块；青椒、红椒分别洗净，去蒂、子，切片。

2. 锅内倒植物油烧热，爆香葱姜末，放入牛肉块翻炒，调入酱油、大料、桂皮、盐、白糖，放入适量水，大火烧沸，转小火焖 30 分钟。

3. 待牛肉酥烂，加土豆块炖 15 分钟，放入青椒片、红椒片翻炒，加鸡精调味即可。

川香牛舌

【材料】熟牛舌 400 克、青笋 100 克。

【调料】盐、鸡精、胡椒粉、花椒、葱姜汁、香油、香菜段各适量。

做法

1. 青笋去皮，洗净，切象眼片，用盐腌渍后挤干水分，垫在盘底；熟牛舌切片，码在盘里；花椒剁碎后，加少许清水，即成花椒水。

2. 锅置火上，倒入花椒水煮沸，沥入小碗中，待凉，加盐、鸡精、胡椒粉、葱姜汁调匀，浇入盘中，淋上香油，撒上香菜段即可。

举一反三

牛舌还可以盐腌食用，盐腌舌头通常是挤过汁的煮熟切片，一般采冷食，生舌头可加葡萄酒温煮，或水煮后添各类配饰上桌。

牙签羊肉

【材料】羊瘦肉 300 克。

【调料】盐、料酒、葱末、姜末、白糖、辣椒粉、花椒粉、孜然粉、植物油各适量。

做法

1. 将羊瘦肉洗净，切片，加盐、料酒、葱末、姜末、植物油拌匀腌 1 小时。

2. 将腌好的肉串在牙签上，每根牙签穿 2～3 片。

3. 炒锅置火上，倒植物油烧热，放入牙签肉炸至肉变酥黄时捞出，用漏勺沥干油。

4. 锅留底油烧热，放入辣椒粉、花椒粉、孜然粉、盐、白糖，用勺子将调料和匀；放入炸好的羊肉，和调料搅匀，捞出即可。

椒盐小羊排

材料

羊排 300 克、鸡蛋 2 个。

调料

盐、鸡精、面粉、葱花、料酒、花椒粉、植物油各适量。

做法

1. 羊排洗净，切段，加盐、鸡精腌渍入味；面粉中打入鸡蛋，加水调成面糊，将羊排段放入面糊中。

2. 油锅烧至五成热，羊排挂上面糊入油锅中炸，捞出沥油，待升高油温复炸至脆，捞出沥油。

3. 锅留底油烧热，加葱花炝锅，放羊排，加料酒、花椒粉、盐、鸡精翻炒均匀即可。

羊排为肋条，即连着肋骨的肉。适于扒、烧、焖和制馅等。

孜然羊肝

材料
羊肝 300 克。

调料
孜然粒、辣椒粉、酱油、白糖、五香粉、盐、植物油各适量。

做法
1. 羊肝洗净，切片，加酱油、白糖腌渍入味。
2. 锅内倒植物油烧至五成热，下羊肝炸熟后捞出。
3. 锅留底油，加孜然粒、辣椒粉、五香粉、羊肝，翻炒均匀，加盐调味即可。

羊肝中的维生素A，可防止夜盲症和视力减退，有助于多种眼疾的治疗。

举一反三
将圣女果换为香菇或者茄子与鸡片同炒，就变成了喷香的香菇炒鸡片和茄香鸡片了。

圣女果炒鸡片

材料
圣女果 200 克、鸡脯肉 150 克、鸡蛋 1 个（取蛋清）。

调料
盐、鸡精、葱姜粒、料酒、植物油各适量。

做法
1. 圣女果洗净，去蒂，切四块；鸡脯肉洗净，切片，加盐、料酒、蛋清拌匀腌渍。
2. 锅内倒植物油烧热，下鸡片炒散至变色，放葱姜粒炒香，放圣女果翻炒至熟，用盐、鸡精调味即可。

小煎鸡米

【材料】鸡脯肉 250 克、红椒 1 个。

【调料】盐、鸡精、水淀粉、葱姜末、酱油、植物油各适量。

做法

1. 鸡脯肉洗净，切黄豆大的丁，加盐、水淀粉上浆；红椒洗净，去蒂、子，切丁。
2. 锅内倒油烧至四成热，放入鸡丁滑开，捞出沥油。
3. 锅底留油，爆香葱姜末、红椒丁，加酱油、盐、鸡精，倒入鸡丁炒匀即可。

五香酱鸭

【材料】鸭肉 1000 克。

【调料】腌料（盐、酱油、料酒）、料包（大料、茴香子、花椒、干红辣椒段）、姜粒、葱段、植物油各适量。

做法

1. 鸭肉处理干净，斩去嘴巴、足爪，用腌料腌入味，放入油锅炸成金黄色捞出。
2. 锅留底油烧热，炒香姜粒、葱段，加清水、料包、料酒和鸭肉，中火煮至入味，取出，斩块即可。

盐水鸭肝

【材料】鸭肝 250 克。

【调料】葱段、姜粒、料酒、大料、盐、鸡精各适量。

做法

1. 鸭肝洗净，放入沸水锅中焯水，捞出沥水切片。
2. 锅内倒入适量清水，放入鸭肝，加葱段、姜粒、料酒、大料、盐、鸡精烧沸，撇去浮沫，煮至鸭肝熟，关火，盖锅闷 15 分钟，捞出装盘即可。

卤鹅翅

【材料】鹅翅 6 个。

【调料】大料、花椒、鸡精、冰糖、盐、料酒、香油、蚝油、桂皮、小茴香、甘草、香叶、五香粉、陈皮、草果各适量。

做法

1. 鹅翅洗净，将鹅翅划刀，备用。
2. 锅内放大料、花椒、鸡精、冰糖、盐、料酒、蚝油、桂皮、小茴香、甘草、香叶、五香粉、陈皮、草果和适量水，用小火煮沸，放入鹅翅慢卤至熟，冷却装盘，淋上香油即可。

剁椒鱼头

【材料】胖头鱼头 1 个、剁椒 50 克。

【调料】盐、姜末、葱末、香油、料酒各适量。

做法

❶ 胖头鱼头清理干净，一劈为二，用料酒擦鱼头，以去除腥味。

❷ 鱼头放入大盘中，在鱼头上放剁椒、姜末、盐，上锅蒸约 8 分钟，取出撒上葱末，淋上香油即可。

西湖醋鱼

【材料】活草鱼 1 条（约 600 克）。

【调料】葱段、姜粒、料酒、酱油、盐、水淀粉、植物油各适量。

做法

❶ 草鱼处理干净，劈开鱼头，用刀在鱼身上划几刀。

❷ 锅内倒植物油烧热，爆香葱段、姜粒，加料酒、酱油、盐和清水烧沸，放鱼煮熟。

❸ 鱼汤舀出放另一锅中，加酱油、盐拌匀烧沸，加水淀粉勾芡，浇在鱼上即可。

红烧鲤鱼块

【材料】鲜鲤鱼 1 条（约 750 克）。

【调料】植物油、水淀粉、葱丝、姜片、料酒、酱油、鸡精、胡椒粉、盐、香油、大料各适量。

做法

❶ 鲤鱼处理洗净，洗去肚内血沫，剁块，抹上盐腌渍入味。

❷ 锅内倒植物油烧热，放鲤鱼块翻炒，烹入料酒、盐、酱油、姜片、大料，加适量清水烧沸，转小火焖熟，放葱丝、鸡精，加香油、胡椒粉调匀，用水淀粉勾芡即可。

清蒸鲈鱼

【材料】鲜鲈鱼 1 条（约 750 克）。

【调料】植物油、酱油、胡椒粉、葱丝、姜丝、红椒丝各适量。

做法

❶ 鲈鱼清洗干净，在背部切一刀。

❷ 将鲈鱼平放盘上，淋上酱油、胡椒粉和植物油，上笼蒸 30 分钟，同时蒸小半碗酱油备用。

❸ 鲈鱼蒸熟后撒上葱丝、姜丝、红椒丝，浇上蒸热的酱油即可。

拍黄瓜

【材料】黄瓜 200 克。

【调料】香油、盐、鸡精、醋各适量。

做法

1. 黄瓜洗净，用刀将黄瓜拍松，再切块，装盘。
2. 将香油、盐、鸡精、醋倒入小碗中搅匀，倒入黄瓜盘中拌匀即可。

》 营养小贴士

◆黄瓜富含维生素E，可起到延年益寿、抗衰老的作用；还含有丰富的维生素C，能提高人体免疫力，可达到抗肿瘤的目的。

凉拌空心菜

【材料】空心菜 300 克、虾皮 10 克。

【调料】盐、鸡精、香油各适量。

做法

1. 将空心菜洗净，切去老根，切段，放入沸水锅中焯水，过凉；用清水浸泡虾皮。
2. 将空心菜放入一个盘中，加入虾皮，加盐、鸡精、香油拌匀即可。

》 营养小贴士

◆空心菜含有丰富的维生素C和胡萝卜素，有助于增强体质，防病抗病。
◆空心菜的大量纤维素，可增进肠道蠕动，加速排便，对预防便秘及减少肠癌病变有积极的作用。

凉拌萝卜丝

【材料】胡萝卜 300 克。

【调料】白糖、醋、香油、盐各适量。

做法

1. 胡萝卜洗净，去皮，切丝，盛盘。
2. 在胡萝卜丝上加入白糖、醋、香油、盐拌匀即可。

》 营养小贴士

◆胡萝卜含有丰富的维生素C和微量元素锌，有助于增强机体的免疫力，提高抗病能力。胡萝卜中含有芥子油，能促进肠胃蠕动，增进食欲，帮助消化。

凉拌豆腐

材料
豆腐 300 克。

调料
豆瓣酱、酱油、香油、白糖、葱花各适量。

做法

1. 将豆腐放在盘上，入蒸锅大火加热 2 分钟，取出用凉水浸泡，捞出沥干，切小块，装盘。

2. 将豆瓣酱、酱油、香油、白糖调匀，倒入豆腐盘中，撒上葱花即可。

>> **营养小贴士**

◆豆腐中蛋白质含量较高，含有8种人体必需的氨基酸，另含有动物性食物缺乏的不饱和脂肪酸、卵磷脂等，可以保护肝脏、促进机体代谢、增加免疫力，具有解毒作用。

糖拌番茄

材料
番茄 400 克。

调料
白糖适量。

做法

1. 番茄洗净，用沸水焯烫一下，过凉，去皮，切橘瓣形，放入盘中。

2. 撒上白糖，放入冰箱待冷却后即可。

>> **营养小贴士**

◆番茄中含有番茄红素，具有预防前列腺癌的功效，可以治疗牙龈出血，增强人体抵抗力，促进伤口愈合，另有祛除斑痕、抗皮肤老化、健肤美容的作用。

香菇奶白菜

【材料】 奶白菜 300 克、水发香菇 100 克。

【调料】 盐、鸡精、植物油各适量。

做法

1. 奶白菜洗净，切段；水发香菇，去蒂，洗净，挤干水分，切块。
2. 锅内倒植物油烧热，放香菇、奶白菜炒至出水，放盐、鸡精调味即可。

》》营养小贴示

◆香菇具有高蛋白、低脂肪、多糖、多种氨基酸和多种维生素的营养特点，能保持人的正常代谢及神经传导、促进食欲、抗癌活性、恢复免疫力、降低血脂等。

蚝油生菜

【材料】 生菜 200 克。

【调料】 植物油、姜末、蚝油、盐、鸡精各适量。

做法

1. 将生菜一片片剥开，洗净。
2. 锅内倒植物油烧热，下姜末炝锅，放生菜翻炒片刻后离火，放入蚝油、盐、鸡精，翻炒均匀即可。

》》营养小贴示

◆生菜含有糖、蛋白质、莴笋素和丰富的矿物质，尤以维生素A、维生素C和钙、磷的含量较高，对人体十分有益。

手撕圆白菜

【材料】 圆白菜 500 克。

【调料】 蒜末、干红辣椒段、料酒、醋、白糖、盐、植物油各适量。

做法

1. 圆白菜洗净，用手撕大片，放入沸水锅中焯水，过凉，再撕成小片。
2. 锅内倒植物油烧至五成热，放干红辣椒段和蒜末煸香，倒入圆白菜片，淋入料酒、醋，撒白糖、盐，翻炒均匀即可。

》》营养小贴示

◆圆白菜富含叶酸，具有杀菌消炎的作用，可以提高人体免疫力、预防感冒、增进食欲、促进消化、预防便秘等；圆白菜中还含有某种"溃疡愈合因子"，能加速创面愈合，对溃疡有着很好的治疗作用。

醋熘白菜

【材料】白菜 500 克。

【调料】植物油、醋、盐、白糖、酱油、水淀粉各适量。

做法

1. 白菜择洗干净，取嫩帮，切菱形片。
2. 锅内倒植物油烧热，下白菜片翻炒，放酱油、盐、白糖炒至熟。
3. 出锅前，将醋、水淀粉调成芡汁倒入，炒匀即可。

>> **营养小贴示**

◆白菜含有蛋白质、脂肪、多种维生素和钙、磷、铁等矿物质，还含有大量的粗纤维，可以促进肠壁蠕动，帮助消化，保持大便通畅。

炝炒茼蒿

【材料】茼蒿 400 克。

【调料】干红辣椒段、植物油、盐、白糖、鸡精、香油各适量。

做法

1. 茼蒿去根和杂质，洗净，捞出沥水。
2. 锅内倒植物油烧热，下干红辣椒段炝锅，投入茼蒿炒至颜色变深，加入盐、白糖、鸡精炒匀，淋上香油即可。

>> **营养小贴示**

◆茼蒿中含有丰富的维生素、胡萝卜素及多种氨基酸，可以养心安神、降压补脑、清血化痰、润肺补肝、稳定情绪、防止记忆力减退等。

清炒豆苗

【材料】豌豆苗 500 克。

【调料】盐、鸡精、植物油各适量。

做法

1. 豌豆苗择洗净，捞出沥水。
2. 锅内倒植物油烧热，下豌豆苗翻炒至断生，加盐、鸡精快速翻炒均匀即可。

>> **营养小贴示**

◆豌豆苗含钙质、B族维生素、维生素C和胡萝卜素，有利尿、止泻、消肿、止痛和助消化的作用，还可使肌肤清爽不油腻。

西芹山药木瓜

【材料】西芹 200 克、山药 100 克、木瓜 50 克。

【调料】葱姜粒、盐、鸡精、植物油各适量。

做法

1. 西芹择洗净，切段；山药洗净，去皮，切片；木瓜洗净，剖开，去皮、子，切片。
2. 锅内倒植物油烧热，爆香葱姜粒，放山药片翻炒至快熟，再下西芹段略炒，下木瓜片炒熟，用盐、鸡精调味即可。

炒西蓝花

【材料】西蓝花 300 克。

【调料】蒜末、盐、鸡精、植物油各适量。

做法

1. 西蓝花放入盐水中浸泡，洗净，切成小朵，放入沸水中焯水，捞出沥水。
2. 锅内倒植物油烧热，爆香蒜末，放入西蓝花翻炒，调入盐、鸡精炒匀即可。

清炒佛手瓜

【材料】佛手瓜 300 克。

【调料】葱丝、盐、鸡精、料酒、姜水、植物油各适量。

做法

1. 佛手瓜洗净，去瓤、子，顶刀切片，再切细丝，放沸水锅中焯水，捞出沥水。
2. 锅内倒植物油烧热，放葱丝炝锅，倒入佛手丝翻炒，调入料酒、姜水，加盐、鸡精调味即可。

香椿炒鸡蛋

【材料】香椿 100 克、鸡蛋 3 个。

【调料】植物油、盐、葱花、姜末、蒜末各适量。

做法

1. 鸡蛋打入碗中，加盐搅拌均匀；香椿择洗净，切小段。
2. 锅内倒植物油烧热，放葱花、姜末爆香，倒入鸡蛋液，待鸡蛋液炒至稍成形时，放香椿、蒜末翻炒片刻，用盐调味即可。

炒青椒

【材料】青椒 400 克。

【调料】植物油、盐、鸡精、葱段各适量。

做法

1. 青椒洗净，去蒂、子，切丝。
2. 锅内倒植物油烧热，爆香葱段，放入青椒丝煸炒至八成熟，加盐、鸡精调味即可。

清炒苦瓜

【材料】苦瓜 300 克。

【调料】葱末、盐、鸡精、白糖、香油、植物油各适量。

做法

1. 苦瓜洗净，对半剖开，去蒂、瓤、子，斜切成片。
2. 锅内倒植物油烧热，爆香葱末，下苦瓜迅速翻炒，加盐、白糖炒约 1 分钟，加鸡精调味，翻炒均匀，熄火，淋上香油即可。

爆香茄条

【材料】茄子 300 克。

【调料】植物油、葱末、姜末、蒜末、干红辣椒丝、酱油、白糖、水淀粉、盐各适量。

做法

1. 茄子去皮、蒂，洗净，切长条，放入沸水锅中焯水，捞出沥水。
2. 锅内倒植物油烧至七成热，爆香葱末、姜末、蒜末，放入茄条翻炒，加干红辣椒丝、酱油、盐翻炒均匀，加白糖炒匀，用水淀粉勾薄芡即可。

炒藕片

【材料】莲藕 300 克。

【调料】葱末、姜末、酱油、盐、鸡精、植物油各适量。

做法

1. 莲藕去皮，洗净，切片，放入沸水中略烫。
2. 锅内倒植物油烧热，放入葱末、姜末爆香，加酱油、盐，放藕片翻炒至熟，调入鸡精炒匀即可。

土豆丝如果出锅前加点醋，就是醋熘土豆丝了。

清炒土豆丝

材料

土豆 3 个、青椒 1 个。

调料

盐、醋、花椒粒、白糖、植物油各适量。

做法

1. 土豆洗净，去皮，切丝，放入清水中浸泡；青椒洗净，去蒂、子，切丝。

2. 锅内倒植物油烧热，下花椒粒炸香，倒入土豆丝爆炒，加醋，再调入盐和白糖炒匀，待土豆快熟时放入青椒丝，翻炒 2 分钟即可。

>> 营养小贴士

◆ 土豆是一种很好的健康食品，具有和胃调中、健脾益气、补血强肾等多种功效。

◆ 土豆富含维生素、钾、纤维素等，可预防癌症和心脏病，帮助通便，增强机体免疫力。

油焖四季豆

【材料】 四季豆500克。

【调料】 植物油、酱油、盐、白糖、鸡精、葱段、姜片、蒜片各适量。

做法

1. 四季豆洗净，掐取两端豆尖，撕去边筋，放入沸水锅中焯熟，过凉，沥水，切段。
2. 锅内倒植物油烧热，爆香葱段、姜片、蒜片，放四季豆煸炒，加酱油、盐和适量水，大火烧沸，转小火焖至四季豆熟软，加白糖、鸡精，拌匀再焖烧2分钟，收汁即可。

>> **营养小贴士**
◆四季豆富含蛋白质和多种氨基酸，可健脾胃，增进食欲。

清炒扁豆

【材料】 扁豆500克。

【调料】 植物油、盐、鸡精各适量。

做法

1. 扁豆洗净，掐取两端豆尖，撕去边筋，放入沸水锅中焯烫，捞出沥水，切斜片。
2. 锅内倒植物油烧至九成热，倒入扁豆片大火快炒，快熟时调入盐、鸡精炒匀即可。

>> **营养小贴士**
◆扁豆富含蛋白质、脂肪、糖类、钙、铁等，具有很好的消肿作用。

炒黄豆芽

【材料】 黄豆芽400克。

【调料】 植物油、花椒、醋、盐各适量。

做法

1. 黄豆芽择洗净，捞出沥水。
2. 锅内倒植物油烧热，放入花椒炸香，放黄豆芽大火快炒片刻。
3. 加盐和醋，翻炒至熟即可。

举一反三
黄豆芽就是黄河流域春节家宴的十香菜，黄豆芽是主要用料；干煸黄豆芽是一款川菜，是把豆芽放在锅里煸干水分，再起油锅，加干辣椒同炒，吃起来又香、又韧，是下饭的理想菜。

🍜 阳春面

【材料】手工面条 150 克、小白菜 20 克。

【调料】葱末、鲜汤、盐各适量。

做法

1. 小白菜择洗净，逐叶掰开，切段。
2. 面条放入沸水中煮熟，捞出，过凉，沥水；小白菜放入煮面水中烫熟。
3. 另起锅，倒入鲜汤，加热煮沸，盛入碗中，放盐调味，盛入面条、小白菜，撒上葱末即可。

》营养小贴士

◆ 面条的主要营养成分有蛋白质、脂肪、糖类等，易于消化，有改善贫血、增强人体免疫力、平衡营养吸收等功效。

🍜 过桥面

【材料】面粉 500 克，鸡蛋 6 个，熟鸡片、熟虾仁、熟猪里脊肉片、黄瓜片各 50 克。

【调料】鸡汤、香油、盐、鸡精各适量。

做法

1. 鸡蛋打散搅拌成蛋液，与面粉和成面团，擀成面片，切长面条。
2. 锅内放鸡汤烧沸，撇去浮沫；将鸡精、盐、香油、黄瓜片和鸡汤调成味汁。
3. 锅置火上，放入沸水加热，下入切好的面条煮熟捞出，过凉沥水盛入大碗中。
4. 食用时，将熟鸡片、熟虾仁、熟猪里脊肉片和调味汁放入与面条拌匀即可。

🍜 鸡丝凉面

【材料】鸡蛋面 400 克，鸡脯肉、绿豆芽各 100 克，胡萝卜 40 克，小黄瓜 30 克，鸡蛋 1 个。

【调料】盐、酱油、白糖、芝麻酱、植物油各适量。

做法

1. 绿豆芽择洗净；胡萝卜去皮，与小黄瓜洗净，切丝，与绿豆芽一起放入沸水锅中焯水后备用；鸡蛋打散成蛋液，淋入油锅中摊成蛋皮，切丝，放入盘中。
2. 鸡蛋面放入沸水中煮熟捞出，过凉，沥水，拌入植物油，挑松。
3. 鸡肉放沸水中，小火煮约 15 分钟，待汤汁冷却后取出，撕细丝。
4. 将冷面条盛盘后放上鸡丝、胡萝卜丝、小黄瓜丝、绿豆芽、蛋皮丝，撒上盐、酱油、白糖、芝麻酱，加少量凉开水拌匀即可。

茄汁牛肉面

【材料】牛肋条肉 150 克、番茄 2 个、面条 300 克。

【调料】葱段、姜片、葱花、盐、鸡精、白醋、料酒、酱油、植物油各适量。

做法

1. 将牛肋条肉去筋膜，洗净，用沸水焯烫，切小块，放入盘中，加葱段、姜片、水、料酒、白醋拌匀，上笼蒸 20 分钟；番茄洗净，放入沸水锅中焯烫，取出去皮，切块。

2. 锅内倒植物油烧热，下蒸好的牛肉块和盐、鸡精、酱油炒匀，倒入蒸牛肉的汤汁烧至入味，加番茄块烧 20 分钟成茄汁牛肉。

3. 另起锅，倒清水烧沸，放入面条煮熟，捞入碗内，加上茄汁牛肉，撒上葱花即可。

五色面疙瘩

【材料】面粉 200 克，豌豆仁、水发香菇丁、笋丁、胡萝卜丁各 20 克。

【调料】干红辣椒、番茄酱、鸡精、盐、植物油、葱花各适量。

做法

1. 面粉加水调成稀面团。

2. 锅置火上，加清水烧沸，用竹筷将面团刮成小块疙瘩入锅中，中火煮熟后捞出过凉。

3. 锅内倒植物油烧热，下干红辣椒、葱花爆香，放入笋丁、香菇丁、豌豆仁、胡萝卜丁煸炒，再入疙瘩煸炒，加番茄酱、盐、鸡精调味即可。

艾窝窝

【材料】糯米 250 克、大米粉 30 克。

【调料】馅料（白糖、冰糖屑、糖桂花、熟芝麻碎、金糕丁、青梅丁、熟核桃仁碎、熟瓜子仁碎）适量。

做法

1. 糯米淘洗净，浸泡 3 小时，沥水，上笼蒸 1 小时，取出放入盘中，浇入沸水，盖盖浸泡 10 分钟，使糯米吸饱水分，再将糯米捞入屉中，上笼蒸 30 分钟取出，入盆中，用木槌捣烂成团，摊在湿布上晾凉。

2. 将大米粉蒸熟晾凉，铺在砧板上，放上糯米团揉匀，揪 10 个剂子，逐个擀成圆皮，包上馅料，包成圆球状后再裹上一层干米粉即可。

1 2
3 4

白云豆腐烧卖

材料

烫面面团 500 克、豆腐 200 克。

调料

葱姜末、生抽、盐、鸡精、香油各适量。

做法

1. 豆腐洗净，上笼蒸熟，切碎，取大部分加葱姜末、盐、鸡精、生抽、香油拌匀，制成馅料。

2. 取烫面面团搓条，下剂，做成荷叶形烧卖皮。

3. 取烧卖皮子包入馅料，做成烧卖生坯，上面撒上少许豆腐碎，上笼蒸熟即可。

举一反三
将猪瘦肉馅加入葱末、盐、鸡精和植物油搅拌入味，包入烧卖皮，封口，留小口将虾身放进去，虾尾留外面，这样做出的即为鲜虾烧卖。

红苕粑

材料

鲜红苕（红薯）1000 克、糯米粉 200 克、芝麻粉 30 克。

调料

白糖、植物油、红糖水各适量。

做法

1. 将红苕洗净，入笼蒸熟，取出去皮，加上糯米粉、白糖和少许水一起揉匀，成为红苕米粉团。

2. 平锅放油烧热，将红苕米粉团揪成剂子，捏成月饼大的扁圆形，放入锅中煎炸，炸好一面再翻过来炸另一面，待两面酥黄，捞出沥油，装入盘中，淋上红糖水，撒上芝麻粉即可。

荤素水煎包

材料

面粉 750 克、猪肉末 150 克、鸡蛋 3 个、豆芽 150 克。

调料

植物油、香油、盐、鸡精、葱末、姜末、蒜末、醋各适量。

做法

1. 鸡蛋打散成蛋液；豆芽择洗净，沥水。

2. 猪肉末、豆芽、鸡蛋液分别炒熟盛出，加盐、鸡精、葱末、姜末、蒜末、香油拌匀成馅；面粉加水和成面团，擀皮包馅，做成包子。

3. 煎锅烧热抹植物油，放入包子，将醋对水泼入锅内，盖严锅盖，中间转几次煎锅使煎包受热均匀，10 分钟后面皮变色，煎锅水干，铲出即可。

韭菜合子

材料

面粉 500 克、韭菜 300 克、鸡蛋 4 个、虾皮 100 克。

调料

葱末、姜末、盐、鸡精、香油、植物油各适量。

做法

1. 将面粉和成凉水面团，饧 20 分钟，揉透，下剂子，擀成圆形面皮；鸡蛋打散，放油锅中炒熟捣成碎粒。

2. 韭菜洗净，切碎，加入炒熟的鸡蛋粒和虾皮、葱末、姜末、盐、鸡精和香油调味，做成馅。

3. 包成半月形的馅合子，捏紧边缘，并捏出褶纹叠压的花边。

4. 平锅放少量植物油，放入合子，小火煎至两面金黄即可。

🧑 元宝馄饨

【材料】馄饨皮150克，猪五花肉200克，白菜叶100克，冬菜、紫菜、虾皮各20克。

【调料】葱姜末、香菜段、香油、盐、味精、生抽、醋各适量。

做法

1. 猪五花肉洗净，剁碎；白菜叶洗净，剁碎；五花肉和白菜叶混合成肉馅，加盐、味精、葱姜末调味。
2. 馄饨皮上放馅料，两边对折，平着将两个角捏合在一起即可。
3. 包好的馄饨下沸水锅煮，盖上锅盖；在碗里放冬菜、紫菜和虾皮，加入生抽、醋、香油和香菜段。
4. 水煮沸后，舀一勺汤放在调料碗中，泡发紫菜、虾皮。
5. 锅内加水，再次煮沸，捞出馄饨盛入碗中即可。

🧑 番茄蛋炒饭

【材料】米饭250克、番茄1个、鸡蛋2个。

【调料】植物油、葱花、盐、鸡精各适量。

做法

1. 鸡蛋打散成蛋液；番茄洗净，放沸水锅中焯烫后去皮，切小块。
2. 锅内倒油烧热，倒入鸡蛋液炒至凝固，下番茄块翻炒。
3. 将米饭倒入锅内，用铲子将米饭捣散翻炒，至米饭没有块结，放葱花、盐、鸡精充分拌炒均匀即可。

》营养小贴士

◆番茄含有番茄红素，具有防癌的作用，还可增强人体抵抗力；鸡蛋则益精补气、清肺利咽，具有美容护肤的功效；大米有补中益气、健脾养胃的功效，三者同食可促进营养吸收，保持血管弹性。

🧑 紫米八宝饭

【材料】紫米200克、豆沙馅50克、红枣20克、莲子20克、桂圆肉5克。

【调料】植物油、白糖各适量。

做法

1. 紫米洗净，用水浸泡2～4小时，取出，沥水，上笼蒸成紫米饭，加白糖和植物油拌匀。
2. 将红枣、莲子洗净，放清水中浸泡30分钟后，捞出，红枣去核，莲子去莲心。
3. 碗内抹植物油，将红枣、莲子、桂圆肉整齐地摆入碗底，放一层较薄的紫米饭，中间放入豆沙馅心，再加入紫米饭，用手压平，上笼蒸1小时，取出倒在平盘上即可。

🐢 牛肉炒饭

【材料】嫩牛肉 80 克、青椒 1 个、米饭 1 碗。

【调料】植物油、葱段、料酒、酱油、淀粉、盐、味精、胡椒粉各适量。

做法

1. 青椒洗净，去蒂、子，切丝；嫩牛肉洗净，切丝，加盐、酱油、料酒、淀粉、胡椒粉腌渍后，放入热油锅中过油，捞出沥油。

2. 锅内倒植物油烧热，放葱段炒香，然后放入米饭炒散，加入牛肉和青椒丝，加盐、味精炒匀即可。

🍒 举一反三

　　米饭入锅前先拌散，炒的时候不要压，炒出来的饭才会粒粒分开，除了用牛肉，也可以用猪瘦肉搭配其他配料做肉丝炒饭。

🐢 红薯小米粥

【材料】红薯 100 克、小米 100 克、枸杞子 10 克。

【调料】白糖适量。

做法

1. 红薯去皮，洗净，切片。

2. 小米淘洗干净；枸杞子洗净，放清水浸泡，备用。

3. 锅置火上，倒水烧沸，加红薯片、小米煮 20 分钟，再放入枸杞子煮 10 分钟，加白糖调味即可。

🍒 举一反三

　　将红薯洗净，切小块，和南瓜同煮，味道绵软香甜，营养也十分丰富。

🐢 高粱米粥

【材料】高粱米 100 克。

【调料】白糖、枸杞子各适量。

做法

1. 高粱米洗净，浸泡 30 分钟。

2. 锅内倒水烧沸，放入高粱米煮沸，转小火煮烂，加入白糖、枸杞子调味即可。

🍒 举一反三

　　可将高粱米换为大米、小米、薏米或紫米，都可做出营养美味的粥来。

什锦小白菜汤

【材料】小白菜100克、土豆50克、胡萝卜30克、青豆20克。

【调料】盐、香油、鸡精各适量。

做法

1. 小白菜洗净，切段；土豆、胡萝卜分别洗净，去皮，切菱形片；青豆洗净，浸泡片刻。

2. 锅置火上，倒入适量清水，放入土豆片、胡萝卜片、青豆煮10分钟，再放入小白菜段煮沸，加入盐、鸡精调味，淋上香油即可。

> **举一反三**
>
> 什锦的搭配有很多，可以根据季节来添加时令蔬菜，如白萝卜、番茄、莴笋等。

白菜粉丝汤

【材料】白菜100克、粉丝50克。

【调料】葱末、盐、鸡精、香油、植物油各适量。

做法

1. 白菜择去老叶，洗净，切丝；粉丝剪成段，用温水泡软。

2. 锅内倒植物油烧热，放入葱末炒香，加白菜丝稍加翻炒，放入适量水、粉丝、盐煮沸，调入鸡精，淋上香油即可。

> **» 营养小贴示**
>
> ◆粉丝富含糖类、膳食纤维、蛋白质、烟酸和钙、磷、镁、钾、钠等矿物质，可以补充人体的多种营养。

酸辣汤

【材料】猪瘦肉150克、水发黑木耳10克、冬笋25克。

【调料】香菜末、清汤、料酒、酱油、醋、姜汁、鸡精、盐、水淀粉、胡椒粉各适量。

做法

1. 猪瘦肉洗净，切成细丝；木耳泡发，去蒂，洗净，切丝；冬笋去皮洗净，切丝。

2. 锅置火上，倒入清汤，放肉丝、木耳、笋丝，调入料酒、酱油、醋、姜汁、鸡精、盐，烧沸后撇去浮沫，淋上水淀粉勾薄芡，撒入胡椒粉、香菜末即可。

家常豆花汤

【材料】豆腐 100 克、平菇 30 克。

【调料】植物油、盐、鸡精、酱油、胡椒粉、花椒粉、辣椒油、葱花各适量。

做法

1. 豆腐洗净，切块放入锅中，加盐稍煮，取出放入碗中；将平菇洗净，切片，加盐、鸡精、胡椒粉和适量清水，烧入味后浇在豆腐上。

2. 锅内倒植物油烧至四成热，下葱花炒香，再下花椒粉、辣椒油，倒适量水，加酱油、鸡精、胡椒粉炒香，倒入豆腐中即可。

豆腐菠菜汤

【材料】豆腐、菠菜各 250 克，虾米 20 克。

【调料】植物油、清汤、盐、鸡精、酱油、香油、葱姜丝各适量。

做法

1. 菠菜择洗净，放入沸水锅中焯烫，捞出，切段；豆腐洗净，切长方块；虾米洗净，放清水中浸泡片刻。

2. 锅内倒植物油烧至四成热，下豆腐块，煎至两面呈金黄色，加入清汤、虾米、盐、酱油、葱姜丝煮沸，撇去浮沫。

3. 放入菠菜，加鸡精调味，淋上香油即可。

>> 营养小贴示
◆ 菠菜含有大量的胡萝卜素、叶酸、铁、钾等，还含有大量的蛋白质，有利于保持血糖稳定。

番茄鸡蛋汤

【材料】番茄 250 克、鸡蛋 3 个。

【调料】葱姜丝、高汤、盐、鸡精、香油、植物油各适量。

做法

1. 番茄洗净，放入沸水中焯水，去皮，切小片；鸡蛋打入碗内拌匀成蛋液。

2. 锅内倒植物油烧热，下葱姜丝爆香，投入番茄煸炒几下，倒入高汤稍煮，加盐、鸡精煮沸，淋入鸡蛋液，加香油搅匀即可。

举一反三
鸡蛋营养丰富，可以和洋葱、虾皮、紫菜搭配做出美味的洋葱鸡蛋汤、虾皮鸡蛋汤和紫菜鸡蛋汤。

🍲 口蘑锅巴汤

【材料】大米锅巴 80 克、口蘑 20 克、油菜少许。

【调料】盐、鸡精、料酒、清汤、植物油各适量。

做法

1. 口蘑洗净，去蒂切片；油菜洗净，备用。
2. 锅内倒入清汤加热，放入口蘑片、油菜，加盐、料酒煮沸后撇去浮沫，加鸡精调味，盛入碗中。
3. 锅置火上，加入植物油烧热后，将锅巴掰成小块，炸至金黄色，捞出放在盘中，倒入口蘑汤中即可。

🍲 肉片冬瓜汤

【材料】冬瓜 300 克、猪瘦肉 100 克。

【调料】葱花、盐、淀粉、酱油、香油各适量。

做法

1. 冬瓜洗净，去皮、瓤，切小薄片。
2. 猪瘦肉洗净，切薄片，用酱油、淀粉、香油腌渍入味。
3. 锅内加清水烧沸，把冬瓜片放入煮熟，放盐调味，将腌好的肉片下锅，待其变色放入葱花，淋上香油即可。

🍲 苦瓜肉片汤

【材料】苦瓜 200 克、熟猪瘦肉片 100 克。

【调料】葱段、姜片、料酒、盐、鸡精、植物油、清汤各适量。

做法

1. 将苦瓜洗净，切块，去瓤，放入沸水锅中焯烫，捞出，过凉，切片。
2. 锅内倒植物油烧热，放葱段、姜片炒香，加料酒、苦瓜片稍煸炒，加清汤、熟猪瘦肉片，烧沸后加盐、鸡精调味，拣去葱段、姜片，起锅倒入汤碗中即可。

🍲 酸菜白肉粉丝汤

【材料】酸菜 150 克，鲜猪五花肉、粉丝各 50 克。

【调料】盐、鸡精、醋、葱末、姜末、高汤、植物油各适量。

做法

1. 酸菜洗净，切丝；粉丝洗净，放入温水泡软，捞出沥水；鲜猪五花肉洗净，放入沸水锅中煮熟去浮沫，切片。
2. 锅内倒植物油烧热，下姜末炝锅，放入猪肉片，加高汤、酸菜、粉丝、盐，烧沸后撇去浮沫，加醋、鸡精，撒上葱末起锅即可。

番茄排骨酥汤

【材料】猪小排骨 400 克、小番茄 20 个、芹菜 20 克。

【调料】植物油、料酒、白胡椒粉、淀粉、盐、白糖、香油各适量。

做法

1. 小番茄洗净，放入沸水中焯烫，捞出去皮；芹菜择洗净，切段。
2. 排骨洗净，剁小块，用料酒、白胡椒粉、淀粉拌匀，腌渍入味，放入热油锅中炸至金黄色。
3. 锅内加水煮沸，放排骨煮 5 分钟，加番茄，再煮 7 分钟。
4. 加芹菜段，放盐、白胡椒粉、白糖调味，淋上香油即可。

海带丝排骨汤

【材料】海带丝 100 克，白萝卜、猪排骨各 150 克。

【调料】葱段、姜片、料酒、盐各适量。

做法

1. 排骨洗净，剁块，放入沸水中焯烫至变色，捞出，过凉沥水。
2. 汤锅倒水烧沸，放排骨、葱段、姜片和料酒，煮沸后转小火炖煮，至熟烂。
3. 海带丝洗净，剪短，放沸水中焯烫 10 分钟；白萝卜去皮洗净，切粗丝，两者一起放入排骨汤中，炖煮至烂，加盐调味即可。

娃娃菜猪肚汤

【材料】娃娃菜 120 克、猪肚 100 克、芹菜段少许。

【调料】蒜片、姜片、植物油、盐、料酒、醋、胡椒粉、鸡精各适量。

做法

1. 猪肚处理干净，切条，放入沸水中，加料酒，焯烫后捞出；娃娃菜取叶，洗净，切大片。
2. 锅内倒植物油烧热，炒香姜片、蒜片，放入肚条翻炒，烹入料酒，加入水煮沸，放入娃娃菜叶、芹菜段、盐煮至熟，加醋、胡椒粉、鸡精调味即可。

金针红枣鸡丝汤

【材料】金针菇 100 克、红枣 10 克、鸡脯肉 20 克。

【调料】植物油、姜丝、淀粉、盐、料酒、清汤、鸡精、葱花各适量。

做法

1. 金针菇洗净，去蒂；红枣洗净，放清水浸泡，去核；鸡脯肉洗净，切小片，用盐、料酒、淀粉腌渍片刻。
2. 锅内倒植物油烧热，放鸡肉片滑炒，捞出沥油。
3. 锅底留油，爆香姜丝，放金针菇翻炒，加清汤烧沸，再放入红枣煮，放入鸡片，调入鸡精，撒上葱花即可。

 肉片鸡蛋蔬菜汤

材料

猪瘦肉 50 克、鸡蛋 3 个、白菜叶 300 克。

调料

植物油、盐、鸡精、料酒、淀粉各适量。

做法

1. 猪瘦肉洗净，切片，用盐、鸡精、料酒、淀粉腌渍；鸡蛋打散成蛋液；白菜叶洗净，切大片。
2. 炒锅倒油烧热，放入肉片滑熟，捞出沥油。
3. 锅内倒水烧沸，下白菜叶稍煮，下鸡蛋液搅散，再下滑过的肉片稍煮，加盐、鸡精调味即可。

举一反三

这道菜的白菜可以用芹菜、生菜、圆白菜等绿叶蔬菜来替代，味道也一样很可口。

 香菇鸡翅汤

材料

鸡翅尖 300 克、香菇 100 克、冬笋 20 克、油菜 50 克。

调料

葱段、姜片、盐、鸡精、料酒、植物油各适量。

做法

1. 鸡翅尖洗净，每个上面划两刀；香菇洗净，去蒂；冬笋去皮洗净，切片；油菜择洗净。
2. 锅中加清水烧沸，加料酒，下鸡翅尖焯烫，去血沫，捞出。
3. 锅内倒植物油烧热，爆香葱段、姜片，下香菇、冬笋片略煸，加入鸡翅尖炒出香味，加水烧沸，转小火煮至鸡翅尖熟，放入油菜、盐、鸡精，搅匀即可。

羊杂碎汤

【材料】羊心、羊肺、羊肚、羊肠各 50 克。
【调料】高汤、葱丝、姜末、姜片、蒜末、蒜瓣、花椒、盐、醋、料酒、香菜末、鸡精各适量。

做法

1. 将羊杂反复冲洗干净，放入锅中，加适量水，加入花椒、葱丝、姜片、蒜瓣、盐，煮至九成熟，捞出沥水，切小块。
2. 锅置火上，倒入高汤，投入姜末、蒜末、料酒、醋和羊杂，煮沸后转小火，撇去浮沫，加盐、鸡精调味，撒上香菜末即可。

鱼头豆腐汤

【材料】鲢鱼头 2 个、豆腐 500 克、香菇 20 克、笋片少许。
【调料】植物油、盐、酱油、姜末、蒜片、料酒、鸡精、清汤各适量。

做法

1. 鲢鱼头去鳃洗净，在头部有肉处各深剞两刀，放在容器里，在剖面涂上盐、酱油腌渍片刻。
2. 豆腐洗净，切成片。
3. 锅内倒油烧热，爆香姜末、蒜片，放鱼头、料酒、清汤，焖至八成熟，下豆腐、香菇、笋片，煮 40 分钟，调入盐、鸡精即可。

牡蛎豆腐汤

【材料】牡蛎肉 150 克、豆腐 80 克。
【调料】姜片、盐、鸡精、香油、葱末各适量。

做法

1. 牡蛎肉洗净；豆腐洗净，切条。
2. 锅中加适量水烧沸，下姜片煮约 20 分钟。
3. 下牡蛎肉、豆腐条煮熟，加盐、鸡精调味，淋上香油，撒上葱末即可。

海米冬瓜海带汤

【材料】海米 20 克、冬瓜 200 克、水发海带 50 克。
【调料】姜片、盐、鸡精各适量。

做法

1. 海米洗净，放入清水中泡发；冬瓜洗净，切开，去瓤，切薄片；海带洗净，切条。
2. 锅内加水煮沸，下姜片、海米和冬瓜片煲 15 分钟，放海带条煮熟，调入盐、鸡精即可。

三鲜汤

【材料】鸡脯肉 100 克，火腿、水发海参、黄瓜各 50 克，鸡蛋 1 个（取蛋清）。

【调料】鸡汤、盐、鸡精、香油各适量。

做法

1. 将鸡脯肉去筋膜，洗净切片，加盐、鸡蛋清拌匀，腌渍入味；水发海参去内脏，洗净，切片；火腿洗净，切片；黄瓜洗净，去蒂，切菱形片。

2. 锅内放清水烧沸，放入鸡片、海参分别焯透，捞出，将鸡片、海参、火腿放入汤盆中，淋上香油拌匀。

3. 锅内放鸡汤煮沸，撇去浮沫，加盐、鸡精调味，倒入汤盆中，再放入黄瓜片即可。

时蔬海鲜汤

【材料】胡萝卜、西蓝花、鲜虾仁、鱼丸、蟹足棒各 50 克。

【调料】葱花、姜片、盐、香油各适量。

做法

1. 胡萝卜洗净，切滚刀块；西蓝花择洗干净，掰成小朵；鲜虾仁洗净；蟹足棒洗净，切段。

2. 汤锅置火上，加葱花、姜片、鲜虾仁、鱼丸和胡萝卜块大火煮沸，转小火煮 10 分钟，放入蟹足棒、西蓝花煮 3 分钟，用盐和香油调味即可。

> **举一反三**
> 西蓝花富含抗氧化物维生素C及胡萝卜素，开十字花的蔬菜已被科学家们证实是最好的抗衰老和抗癌食物，而鱼类则是最佳的蛋白质来源。

虾皮白菜汤

【材料】白菜 100 克，虾皮 30 克。

【调料】高汤、盐、生抽、胡椒粉、香油各适量。

做法

1. 白菜去硬帮、外叶，逐叶掰开，洗净，切片；虾皮洗净，放清水泡发，捞出备用。

2. 锅置火上，放入高汤、虾皮、白菜片，加盐、生抽烧沸，撒上胡椒粉，淋上香油即可。

>> **营养小贴士**
◆白菜含有蛋白质、脂肪、多种维生素和钙、铁、磷等矿物质；虾皮含有不饱和脂肪酸和锌、硒等；二者同食可提供丰富的营养，预防便秘、痔疮，有解热除燥的功能。

紫菜虾皮蛋花汤

【材料】紫菜、虾皮各 40 克，鸡蛋 3 个。

【调料】葱花、盐、香油、鸡精、植物油各适量。

做法

1. 紫菜洗净，撕碎，放入碗中，加入虾皮；鸡蛋打成蛋液。
2. 锅置火上，倒油烧热，放入葱花爆香，再倒入适量水烧沸，加盐，淋入鸡蛋液搅散，加入紫菜和虾皮，淋上香油、鸡精调味即可。

》》营养小贴士

◆ 鸡蛋富含维生素B₁₂，但不易被人体所吸收，而紫菜中富含提高维生素B₁₂吸收的钴质，二者同食可以有效补充维生素B₁₂和钴质。

银耳莲子雪梨汤

【材料】雪梨 300 克、莲子 50 克、银耳 20 克。

【调料】冰糖适量。

做法

1. 雪梨去皮洗净，去核，切片；莲子洗净，放入清水中浸泡，取出去莲心；银耳洗净，放入清水中浸泡片刻，取出去蒂，撕小朵。
2. 锅内加水，放入雪梨、莲子、银耳煮沸，加冰糖小火熬煮 20 分钟即可。

举一反三

可以将雪梨换为百合就是银耳莲子百合汤，也可以将莲子换为红枣，可做成银耳红枣雪梨汤。

芋圆甜汤

【材料】芋头、红薯各 300 克。

【调料】白糖、淀粉各适量。

做法

1. 芋头、红薯去皮，洗净切丁，上笼蒸熟，分别压成泥，加淀粉和匀，揉成小球。
2. 锅中加适量水煮沸，放入芋头球、红薯球煮至浮起，加白糖调味即可。

举一反三

可以将红薯换为土豆，去皮，切丁，蒸熟，压成泥，揉成小球，也做成美味的甜汤来。

家常15种食材存放技巧

当夏季到来时，潮湿的天气会令食物受潮发霉；冬季来临，寒冷的气候会令水果受冻变质。如何保存新鲜食材？如何令食材延长"寿命"？不当的存放方法，会加速食物的变质，所以掌握一些简单易行有效的方法，使食材保持新鲜，令餐桌饮食更加健康。

01 白菜

◆冬天可用无毒塑料袋保存，如果室内温度过低，可把塑料袋从蔬菜的根部套上去，然后把上口扎上，如果温度在0℃以上，可在白菜叶上套上塑料袋，口不用扎，根朝下戳在地上即可。

02 荸荠

◆在一般情况下，只需将荸荠挂在篮里或篓中，就可长时间保鲜。将荸荠晾干，剔除受损腐烂的果实，直接放入缸中，加盖即可。注意，切勿用水洗缸口。

03 土豆

◆土豆适宜的储存温度为1~3℃，如果低于0℃，易受冻害；而高于5℃时，又易抽芽，使淀粉含量降低，产生有毒的龙葵素。因此，在储存土豆时，控制好储存温度，增加二氧化碳的浓度，延长储存期。

04 莴笋

◆将挑选的莴笋扎成小捆，放入薄膜保鲜袋中，经遇冷后，置于0℃冰箱内储藏，温度稳定，储藏效果越好。莴笋属耐寒冷蔬菜，但受冻后恢复能力差，故不宜用冷冻储藏。

05 豆芽

◆豆芽的缺点是不能隔夜，所以最好买来当天就吃完，如果需要保存，则可以将豆芽原封不动地封在袋子里或装入塑料袋中密封好，再放入冰箱，最多不要超过两天。

06 香菇

◆储存香菇应放到干燥、低温、避光、密封的环境中，光线中的紫外线会使香菇升温，紫外线会引发光合作用，从而加速香菇变质。因此，必须避免在强光下储存香菇，同时也要避免用透光材料包装。

07

苹果

◆苹果放在阴凉处可以保鲜7~10天，如果装入塑料袋放进冰箱，能保持更长时间。

08

鸡蛋

◆鸡蛋在20℃左右大概能放一周，如果放在冰箱里，最多保鲜半个月。超过半个月，鸡蛋就不会新鲜了。

09

花生仁

◆在晒干的花生仁中放几片碎干辣椒片再装塑料袋内密封，放干燥处可以存储1年左右。

10

鲜畜肉

◆牛肉的表面涂抹植物油后密封在容器中放入冰箱，猪肝、牛肝、羊肝等动物鲜肝也可在表面涂上食用油，保持鲜嫩。

11

鲜姜

◆鲜姜放久了容易发芽或腐烂。买回鲜姜后，首先将其洗净，擦干，然后埋入食盐中，能保存很长时间不坏。

12

活鱼

◆灌酒法：先向活鱼灌白酒，后放置阴凉黑暗的地方。贴眼法：将浸湿的薄纸片贴在鱼的两眼上，可存活三四个小时。

13

大米

◆在容器或袋子中，放大蒜，或用布包些花椒放入，可防止蛀虫。夏天大米极易生虫，将海带放入大米中，可防蛀虫。

14

面粉

◆如果用塑料袋盛面粉，以"塑料隔绝氧气"的办法使面粉与空气隔绝，既不返潮发霉，也不易生虫。

15

绿豆

◆绿豆吸潮性较大，会受虫蛀，如果将绿豆放在沸水中浸泡一两分钟，捞出后摊开晾晒干透后，在容器中密封保存。

Part 02 家常拿手招牌菜

些看似简单的菜品经过些许加工和技术上的改良，加入大厨亲传的秘招，就可以作为拿手的招牌菜，这样无论是平日三餐，还是亲朋小聚，都会令你大显身手，摆脱手足无措的困境。

酸菜鱼

【材料】净草鱼500克、酸菜100克。

【调料】植物油、泡椒粒、蒜末、葱姜末、盐、胡椒粉、鸡精、料酒、香油各适量。

做法

1. 草鱼洗净，切片，用葱姜末、料酒、盐腌渍；酸菜洗净，切小片。
2. 锅内倒植物油烧热，放泡椒粒、蒜末，再放酸菜炒香，加清水、鱼头一起熬煮15分钟，加盐、料酒、胡椒粉、鸡精调味，下入鱼片烧煮至熟，淋上香油即可。

鱼头泡饼

【材料】鲢鱼头1个（约600克）、金丝小饼6个。

【调料】葱段、姜片、鲜汤、白糖、盐、香油、植物油、料酒各适量。

做法

1. 鲢鱼头去鳃，洗净，对半剖开，放入五成热的油锅内，两面煎黄，烹入料酒，取出；金丝小饼放入油锅浸炸，捞出。
2. 锅内倒油烧热，煸香葱段、姜片，放鲜汤、鱼头、白糖、盐焖10分钟，淋上香油，撒葱段，出锅，放上金丝小饼即可。

板栗烧鳗鱼

【材料】鳗鱼1条（约500克）、栗子肉200克。

【调料】植物油、姜汁、料酒、盐、白糖、香油、葱花各适量。

做法

1. 鳗鱼去头、尾、内脏，洗净，焯水，除去皮上的黏液，切块，用盐、料酒、姜汁腌渍入味；栗子肉焯水，捞出沥干。
2. 锅内倒油烧热，爆香栗子肉，下鳗鱼块翻炒，烹入料酒铲起，放煲锅内煮沸，转小火焖约40分钟，放盐、白糖搅匀调味，滴上香油，撒上葱花即可。

羊肉焖豆腐

【材料】 羊肉 500 克、豆腐 200 克。

【调料】 植物油、葱花、姜片、料酒、鸡汤、水淀粉、香菜段、酱油、盐、胡椒粉各适量。

做法

1. 羊肉洗净，切末；豆腐洗净，切小块。

2. 锅内倒植物油烧热，下羊肉末煸炒，加葱花、姜片、料酒、酱油、胡椒粉、鸡汤，再放入豆腐焖 15 分钟，加盐调味，再用水淀粉勾芡，撒上香菜段即可。

青豆烧兔肉

【材料】 兔肉 250 克、青豆 120 克、水发香菇 30 克。

【调料】 姜末、料酒、盐、酱油、植物油各适量。

做法

1. 青豆去壳，留豆粒，洗净；水发香菇去蒂，洗净，切丁；兔肉洗净，切小丁。

2. 锅内倒植物油烧热，下兔肉炒至刚熟取出。

3. 另起油锅，下青豆粒、盐炒至熟，下兔肉丁、香菇丁、姜末、料酒、酱油，翻炒片刻即可。

纸包葱香鸡翅

【材料】 鸡翅 500 克、玻璃纸适量。

【调料】 蘸料（酱油、白糖、料酒、葱姜汁、鸡精、胡椒粉、五香粉）、盐、植物油各适量。

做法

1. 鸡翅洗净，在每个上面划两刀，用盐腌渍入味；玻璃纸裁开。

2. 将鸡翅放入蘸料内腌渍 10 分钟取出，用玻璃纸包成长方块。

3. 锅内倒植物油烧热，放入包好的鸡翅炸至浮上油面，捞出装盘即可。

辣酱手撕鸡

【材料】 童子鸡 1 只（约 750 克）。

【调料】 调味汁（葱末、鸡精、白糖、生抽、蚝油、豆豉辣酱、香油）、熟白芝麻、葱段、姜片、料酒各适量。

做法

1. 童子鸡处理干净，放入沸水锅中焯熟，撇去浮沫，加料酒、葱段和姜片，转中火烧至熟后捞出，晾凉。

2. 将晾好的鸡肉撕成小块，码在盘中，将调味汁淋在上面，撒上熟白芝麻即可。

五香酱肉

【材料】带皮猪五花肉 1000 克。

【调料】盐、料酒、白糖、酱油、葱段、姜片、茴香各适量。

做法

1. 带皮猪五花肉取整肋，刮净，切块，每小块戳 3 ～ 4 个小孔。

2. 用盐拌匀揉擦猪五花肉外表，腌渍片刻。

3. 锅内加水煮沸，放入带皮猪五花肉，加料酒、白糖、酱油、葱段、姜片、茴香，待煮沸后，转小火焖 2 小时，用尖筷夹出软骨，切片即可。

千层脆耳

【材料】鲜猪耳朵 1000 克。

【调料】生抽、盐、鸡精、葱姜丝、酱油、卤汤各适量。

做法

1. 将猪耳朵刮净，放入沸水锅中焯水取出，放入卤汤中，加葱姜丝、盐、鸡精、生抽、酱油调味，用小火煮熟捞出。

2. 用长盘将卤制好的猪耳朵摆放整齐，用重物压制成形，切片即可。

腐乳蒸猪蹄

【材料】腐乳 4 块、猪蹄 400 克。

【调料】植物油、盐、白糖、酱油、姜片各适量。

做法

1. 猪蹄刮洗净，斩小块；腐乳捣成酱状。

2. 猪蹄抹上植物油，放入碗中，加盐、白糖、酱油、姜片、腐乳腌渍 20 分钟。

3. 蒸锅置火上，放入装猪蹄的碗，隔水蒸熟即可。

黄花菜炒牛肉丝

【材料】黄花菜 200 克、牛肉 100 克。

【调料】盐、鸡精、植物油、料酒、淀粉、酱油各适量。

做法

1. 黄花菜择洗净，放入沸水中焯烫，取出放清水中浸泡 2 小时；牛肉洗净，切丝，加盐、料酒、淀粉、酱油腌渍入味。

2. 锅内倒植物油烧热，下牛肉丝滑熟。

3. 锅底留油，放入黄花菜翻炒，再下牛肉丝，用盐、鸡精调味即可。

🍳 焖烧鸡心

【材料】鸡心 20 个。

【调料】葱姜水、盐、料酒、干红辣椒段、香菜叶、姜末、香油、蒜苗段、鸡精、鸡汤、植物油各适量。

做法

1. 鸡心洗净，鸡心尖切 4 刀，放沸水锅中焯水，捞出沥干，加盐、葱姜水、料酒腌渍入味，捞出过凉。

2. 炒锅倒油烧热，放姜末、蒜苗段、干红辣椒段炒香，加鸡汤、盐、鸡心烧沸，汤汁快干时，调鸡精，淋香油，撒香菜叶即可。

🍳 炒鹅腿片

【材料】鹅腿 2 只、玉兰片 100 克、鸡蛋 3 个。

【调料】植物油、葱段、姜末、料酒、酱油、盐、胡椒粉各适量。

做法

1. 鹅腿洗净，去骨，取鹅腿肉，切片；玉兰片洗净，切片；2 个鸡蛋煮熟，剥开，切片；1 个鸡蛋取蛋清搅匀。

2. 将鹅腿肉加鸡蛋清、盐、料酒拌匀。

3. 锅内倒植物油烧热，放入葱段、姜末爆香，将鹅腿肉放入翻炒后加鸡蛋片、玉兰片、盐、酱油翻炒均匀，撒胡椒粉即可。

🍳 豉油皇乳鸽

【材料】乳鸽 1 只（约 250 克）。

【调料】盐、鸡精、生抽、老抽、香油、白糖、香菜段各适量。

做法

1. 将盐、鸡精、生抽、老抽、香油、白糖拌匀成味汁。

2. 乳鸽洗净，抹干，切去爪，用味汁涂匀鸽肚内，淋上部分味汁腌渍 30 分钟。

3. 锅内加水，放乳鸽，大火烧沸，将乳鸽翻转，继续烧煮，取出，放凉，切大块，淋上余下味汁，撒上香菜段即可。

🍳 蒜蓉粉丝蒸扇贝

【材料】扇贝 10 个、粉丝 50 克。

【调料】白糖、豆豉酱、盐、葱花、姜末、蒜蓉各适量。

做法

1. 粉丝洗净剪断，用温水泡软；用小刀把扇贝肉从贝壳上剔下，扇贝壳排入大盘中，扇贝肉留用。

2. 取一小碗，放白糖、豆豉酱、蒜蓉、姜末、盐拌匀调成酱汁。

3. 把粉丝放在贝壳上，然后依次放入扇贝肉，放入拌好的调酱汁，上笼大火蒸约 5 分钟后取出，撒上葱花即可。

食用时建议选择新鲜百合为佳，且秋季最宜食用。

炝芥菜

材料
芥菜头 400 克、胡萝卜 30 克、百合 20 克。

调料
植物油、香油、盐、鸡精、水淀粉各适量。

做法
1. 芥菜头洗净，下沸水锅中焯烫片刻，捞出晾凉，切大片；胡萝卜去皮洗净，切片；百合洗净，放入清水浸泡片刻。
2. 锅内倒植物油烧热，放入芥菜头翻炒，加盐炒熟，装盘，备用。
3. 锅内放水，加百合、胡萝卜片煮熟，加盐、鸡精调味，用水淀粉勾芡，淋上香油，浇在芥菜头上即可。

营养小贴士
◆ 芥菜含有胡萝卜素、维生素、钙、铁、锰、钾等，可以降血压、促消化，还有止血作用。

凉拌芹菜

【材料】芹菜 300 克。

【调料】盐、鸡精、香油各适量。

做法

❶ 芹菜洗净，撕去老筋，切小段，放入沸水锅中焯烫，捞出沥水，放盘中。

❷ 将盐、鸡精、香油拌匀，倒入装有芹菜的盘中即可。

>> 营养小贴士

◆芹菜含有多种营养素，不仅有丰富的胡萝卜素和维生素C、粗纤维，还含有大量的钙、磷、钾、钠等矿物质。

椿芽拌豆腐

【材料】豆腐 200 克、鲜香椿芽 100 克。

【调料】盐、鸡精、香油各适量。

做法

❶ 将豆腐洗净，放入沸水中略焯，捞出沥水，切条，加盐腌渍片刻，将渗出的水沥出。

❷ 香椿芽洗净，入沸水中略焯，捞出，过凉，切细末，撒在豆腐条上，加鸡精，淋上香油即可。

>> 营养小贴士

◆香椿含有维生素E和性激素物质，还含有丰富的维生素C、胡萝卜素等，可以抗衰老，补阴阳，增强人体免疫功能。

海米烧油菜

【材料】海米 30 克、油菜 400 克。

【调料】葱姜末、姜汁、鸡精、料酒、盐、植物油各适量。

做法

❶ 油菜洗净，逐叶掰开；海米洗净，用沸水泡透。

❷ 锅内倒植物油烧热，放葱姜末和海米略煸，再放料酒、姜汁、盐和油菜翻炒，调上鸡精，炒匀即可。

♪举一反三

可以将油菜换为冬瓜，用油、盐、鸡精来煸炒，就是爽口的海米冬瓜了。

豆豉鲮鱼油麦菜

【材料】油麦菜 300 克、豆豉鲮鱼罐头。

【调料】葱末、姜末、蒜末、盐、鸡精、植物油各适量。

做法

1. 油麦菜洗净，切段。
2. 锅内倒植物油烧热，下葱末、姜末、蒜末煸香，加油麦菜、豆豉鲮鱼罐头翻炒，再加盐、鸡精炒匀即可。

>> 营养小贴士

◆油麦菜含有大量维生素和钙、铁、蛋白质、脂肪、维生素等营养成分，是一种低热量、高营养的蔬菜。

栗子烧白菜

【材料】白菜 500 克、板栗 20 个。

【调料】植物油、姜末、盐、料酒、高汤、白糖、水淀粉、香油、鸡精各适量。

做法

1. 白菜洗净，切长条；栗子煮熟，剥去外壳、内膜。
2. 锅内倒植物油烧至六七成热，放入白菜条炸至金黄色，捞出，再放入栗子仁用油炸，捞出。
3. 锅留底油烧热，炒香姜末，倒入料酒、高汤、盐、白糖、鸡精调好口味，将白菜条、栗子仁放入烧沸，改小火慢慢收汁。
4. 待汤汁渐少时，改大火，用水淀粉勾芡，淋上香油即可。

爽口白菜

【材料】白菜 300 克、粉丝 50 克。

【调料】蒜蓉、白糖、盐、香油、醋、干辣椒丝各适量。

做法

1. 白菜洗净，切丝；粉丝洗净用温水泡软，放入沸水锅中焯熟，过凉。
2. 将白菜丝加入盐、白糖、醋拌匀，再加粉丝、干辣椒丝、香油和蒜蓉拌匀即可。

>> 营养小贴士

◆白菜有解热除烦、通利肠胃、养胃生津、利尿通便的功效，可以经常食用。

 珊瑚菜花

材料

菜花 400 克。

调料

番茄酱、白糖、盐、鸡精、植物油各适量。

做法

1. 菜花去除根叶，洗净，放入盐水中浸泡片刻，掰成小朵，焯水后过凉沥水，撒上盐腌渍 20 分钟，沥去水分装盘。

2. 锅内倒植物油烧至五成热，放入番茄酱炒熟，晾凉后倒入菜花盘中，加白糖、盐、鸡精拌匀即可。

》 营养小贴士

◆菜花具有爽喉、润肺、止咳的功效。菜花是含有类黄酮最多的食物之一，可防止感染、增强肝脏的解毒能力、提高机体的免疫力。

 **辣炒茭白**

材料

茭白 300 克、红椒 2 个、青椒 1 个。

调料

盐、鸡精、料酒、酱油、香油、植物油各适量。

做法

1. 茭白去皮，洗净，切片；青椒、红椒分别洗净，去蒂、子，切片。

2. 锅内倒植物油烧热，放入茭白片翻炒，炒至茭白发黄后，烹入料酒，加少许清水，放入鸡精、酱油、盐调味，放入青椒片、红椒片翻炒，淋上香油即可。

》 营养小贴士

◆茭白含有较多的糖类、蛋白质、脂肪等，能补充人体的营养物质，具有健壮机体的作用。

玉米面发糕

【材料】玉米面 250 克、面粉 50 克。

【调料】白糖、干酵母、苏打粉各适量。

做法

1. 干酵母用温水化开，备用。

2. 将玉米面、面粉混合均匀，加入适量白糖、干酵母、苏打粉，然后加水调成较稀软的面团，揉至手光、面光、盆光，置于 15℃以上的温度中发酵。

3. 面糊倒在笼屉的屉布上，摊平，蒸 25 分钟，切片摆盘即可。

» 营养小贴士

◆玉米面含有亚油酸、维生素E，能使人体胆固醇水平降低。

扬州炒饭

【材料】大米饭 500 克、火腿 50 克、虾仁 100 克、黄瓜 40 克、鸡蛋 2 个。

【调料】葱花、盐、鸡精、植物油各适量。

做法

1. 黄瓜洗净，切丁；火腿洗净，切丁；虾仁去沙线，洗净；鸡蛋打散成蛋液；火腿丁、虾仁放入沸水锅中焯烫，捞出沥水。

2. 锅置火上，倒植物油烧热，倒入打散的鸡蛋液，炒至成块，盛出备用。

3. 锅复置火上，倒植物油烧热，用葱花炝锅，放入黄瓜丁、火腿丁、虾仁、鸡蛋块，再放入大米饭一起炒匀，加鸡精、盐调味即可。

蒸火腿冬瓜饭

【材料】火腿 50 克、冬瓜 100 克、米饭 1 碗。

【调料】植物油、盐、鸡精、白糖各适量。

做法

1. 火腿洗净，切粗丝；冬瓜洗净，切开，去皮、瓤，切条状。

2. 锅内倒植物油烧热，放入冬瓜条翻炒，再放火腿丝，调入盐、鸡精、白糖，翻炒至八成熟，出锅放在米饭碗里。

3. 把碗放锅中，隔水蒸熟即可。

举一反三

可以将火腿和冬瓜放油锅内加盐、鸡精煸炒，就是一道可口的火腿炒冬瓜。

玉米饭团

【材料】熟米饭 1 碗、玉米粒 50 克。

【调料】盐、白糖、醋、料酒各适量。

做法

1. 玉米粒洗净，入沸水中焯熟，捞出沥水，备用。
2. 熟米饭拌松，加盐、白糖、醋、料酒搅拌均匀，加玉米粒拌匀，捏成团即可。

举一反三

　　可以将玉米粒换为糯米或是火腿，可以做成喷香的糯米饭团或是火腿饭团。

八宝莲子粥

【材料】小米、高粱米、薏米、红小豆、绿豆、莲子各 20 克，桂圆肉、花生仁各适量。

【调料】冰糖、蜂蜜各适量。

做法

1. 红小豆洗净，浸泡 5 小时；薏米、莲子、绿豆分别洗净，浸泡 2 小时，莲子去莲心；小米、高粱米分别洗净，用水浸泡 30 分钟；桂圆肉、花生仁分别洗净，放清水中浸泡片刻。
2. 锅中放清水、莲子、红小豆、薏米、绿豆，大火烧沸后转小火熬煮 30 分钟。
3. 将小米、高粱米、花生仁、桂圆肉、冰糖放入水中煮 30 分钟，熄火，晾凉后用蜂蜜调味即可。

山药桂圆粥

【材料】大米 50 克、山药 40 克、桂圆肉 25 克。

做法

1. 大米淘洗干净；山药洗净，去皮，切滚刀块；桂圆肉洗净。
2. 锅置火上，倒入水大火烧沸，加入大米、桂圆肉煮 20 分钟，再加入山药块煮 10 分钟即可。

举一反三

　　可以将山药换为莲子或者红枣，就做成了桂圆莲子粥和桂圆红枣粥。

岐山臊子面

材料

宽面条 500 克,猪瘦肉 200 克,水发黑木耳、黄花菜各 50 克。

调料

植物油、香菜末、盐、酱油、醋、香油各适量。

做法

1. 猪瘦肉洗净,切丁;木耳洗净,去蒂,切丁;黄花菜洗净,放入清水中浸泡片刻,捞出切丁。
2. 锅内放植物油烧热,下猪瘦肉丁、木耳丁、黄花菜丁煸炒,加盐、酱油、醋调味,淋入香油,炒成臊子汁。
3. 另起锅,将宽面条煮熟,盛入碗中,浇入臊子汁,撒香菜末即可。

素菜馄饨

材料

菠菜、鲜香菇、冬笋各 200 克,面粉 500 克。

调料

植物油、盐、生抽、紫菜、香菜段各适量。

做法

1. 面粉对水揉搓成面团,擀成薄片,切成馄饨皮。
2. 菠菜择洗净,用沸水焯软,过凉,切碎;冬笋去皮洗净,煮熟,切碎;鲜香菇洗净,去蒂,焯水,切碎;紫菜泡开,撕小片。
3. 将菠菜、冬笋、鲜香菇混在一起,加油、盐拌匀,做成馅,馄饨皮包上馅做成馄饨。
4. 锅内倒水烧沸,放入馄饨煮沸,放入生抽、紫菜、香菜段即可。

🧑 家常炸酱面

【材料】面条 300 克，猪瘦肉末 200 克，笋块、豆腐干、黄瓜各 100 克。

【调料】植物油、葱花、料酒、醋、豆瓣酱、甜面酱各适量。

做法

❶ 黄瓜、豆腐干均洗净，切丁，与肉末、笋块放入油锅炒熟，盛出；另起锅爆香豆瓣酱和甜面酱，加葱花、料酒、醋炒香，倒入炒好的丁，炒匀成炸酱。

❷ 将面条放沸水锅中煮熟，捞出沥水，加适量炸酱拌匀即可。

🧑 翡翠烧卖

【材料】烧卖皮 200 克、糯米 100 克、胡萝卜 50 克、腊肉 100 克。

【调料】盐、鸡精、香油、葱花、海白菜末各适量。

做法

❶ 将糯米洗净，用清水浸泡 2 小时后做成糯米饭，打散放凉。

❷ 胡萝卜去皮，洗净，切丁；腊肉煮熟，切丁，备用。

❸ 将糯米饭、胡萝卜丁、腊肉丁、葱花、盐、鸡精、香油拌匀制成馅心；取烧卖皮，放馅心捏成瓶口形，上面放少许海白菜末，上笼大火蒸 15 分钟即可。

🧑 韭菜煎饼

【材料】韭菜 50 克、面粉 200 克。

【调料】盐、胡椒粉、植物油各适量。

做法

❶ 韭菜择洗净，切长段；面粉放大碗中，加水调成面糊，加韭菜段、盐、胡椒粉搅匀，备用。

❷ 平底锅中抹少许油，倒入面糊，成薄薄的一层，煎熟一面，翻面再煎熟即可。

🧑 开封灌汤包

【材料】面粉 1000 克、猪肉 1000 克。

【调料】酱油、料酒、姜末、鸡精、盐、白糖各适量。

做法

❶ 猪肉洗净，切末，加酱油、料酒、姜末、鸡精、盐、白糖拌匀，分次加水，搅成肉馅；将面倒入盆内，加水和匀。

❷ 将和好的面放在砧板上，反复揉匀，搓条，下剂，擀成边薄中间厚的薄片，包入肉馅，捏 18～21 个褶，将包子生坯放到笼里，用大火蒸熟即可。

肉片豆腐汤

【材料】猪瘦肉 150 克、豆腐 300 克。

【调料】淀粉、葱末、姜末、香菜段、高汤、香油、料酒、盐、鸡精、植物油各适量。

做法

1. 猪瘦肉洗净，切片，加淀粉上浆；豆腐洗净，切片。
2. 锅内倒植物油烧热，下葱末、姜末炝锅，放豆腐片、高汤、料酒、盐、鸡精，再放入肉片，烧至肉片变色，撇去浮沫，淋上香油，撒少许香菜段即可。

番茄肉丸汤

【材料】猪肉末 150 克，番茄 100 克，小白菜、豆腐各 50 克。

【调料】植物油、葱花、盐、淀粉、面粉、清汤各适量。

做法

1. 番茄洗净，放入沸水锅中焯烫，取出去皮，切丁，与肉末、面粉、淀粉、盐、清水调匀做成番茄肉丸，上笼蒸熟；小白菜洗净，切片；豆腐洗净，切块。
2. 锅内倒植物油烧热，下小白菜片、豆腐块略炒，下清汤烧沸，倒入番茄肉丸煮熟，撒上葱花即可。

山药排骨汤

【材料】山药 200 克、猪排骨 4 块、桂圆肉 10 克。

【调料】姜片、盐、葱花各适量。

做法

1. 猪排骨洗净，剁小块，放入沸水锅中焯烫去浮沫；山药洗净，去皮，切滚刀块。
2. 锅置火上，放适量清水、姜片、排骨块，大火烧沸后转小火煮 1 小时；放入山药块、桂圆肉，继续用小火炖煮 20 分钟，加盐调味，撒上葱花即可。

鲜奶炖鸡汤

【材料】鲜奶 500 克、鸡肉 100 克、去核红枣 5 个。

【调料】葱花、姜片、盐各适量。

做法

1. 鸡肉洗净，切块，放沸水锅中焯烫，捞出沥水。
2. 另起锅，放入鸡肉块，倒入适量清水、鲜奶，加入红枣、姜片，大火煮沸，转小火煲至熟烂，加盐调味，撒上葱花即可。

🍜 西湖牛肉羹

【材料】草菇 200 克、牛肉 100 克、鸡蛋 1 个（取蛋清）。

【调料】腌料（苏打粉、淀粉、鸡精、盐、料酒）、香菜段、高汤、胡椒粉、水淀粉、植物油各适量。

做法

1. 将牛肉洗净，剁碎，加腌料腌渍 30 分钟，焯烫，捞出；草菇洗净，去蒂，切丁，焯水，捞出。

2. 锅中倒油烧热，下高汤煮沸，放牛肉、草菇丁、盐、鸡精、胡椒粉，再煮沸时用水淀粉勾芡，淋上蛋清，撒上香菜段即可。

🍜 酸辣鱿鱼汤

【材料】水发鱿鱼 250 克、熟火腿 250 克、熟鸡肉 250 克、水发冬菇 25 克。

【调料】胡椒粉、鸡汤、醋、盐、酱油、香油、鸡精、葱丝各适量。

做法

1. 水发鱿鱼洗净，切片；熟鸡肉和熟火腿分别切薄片；冬菇洗净，切薄片；将葱丝、胡椒粉、鸡精和醋调匀成味汁。

2. 锅置火上，放入鸡汤、鱿鱼片、冬菇片、火腿片、鸡肉片、味汁和适量水，烧沸后加盐、酱油，汤沸后淋上香油即可。

🍜 海米白菜汤

【材料】白菜心 250 克、海米 50 克、火腿 20 克、水发冬菇 2 个。

【调料】高汤、盐、鸡精、香油各适量。

做法

1. 白菜心洗净，切长条，放入沸水中稍烫，捞出，沥水；海米洗净用温水浸泡；火腿切长条；冬菇洗净，去蒂，挤干水分，切两半。

2. 锅内加高汤、火腿条、冬菇、海米、白菜条、盐烧沸，撇去浮沫，待白菜烂时加盐、鸡精，淋上香油即可。

🍜 南瓜土豆浓汤

【材料】南瓜 400 克、土豆 200 克、洋葱丝 100 克。

【调料】青蒜丝、奶油、鸡高汤、月桂叶、盐、胡椒粉各适量。

做法

1. 南瓜和土豆分别洗净，南瓜去皮、瓤，切块，土豆去皮，切片。

2. 锅置火上，倒奶油待溶化后，将洋葱丝和青蒜丝翻炒，加鸡高汤，放南瓜、土豆和月桂叶，煮至蔬菜软。

3. 取出月桂叶，将南瓜煮至稠，加盐和胡椒粉调味即可。

厨艺升级私家菜

在厨房的小天地里忙活，它的乐趣在于，厨技可以不断地提升，掌握菜品制作的精髓，结合大厨不传的秘方，添加自己喜好的滋味，私家厨房中的味道就是这样，如此简单可行，快动手尝试，定会令你找到不寻常的美味。

🧑‍🍳 红烧大排

【材料】猪排骨 500 克。

【调料】植物油、酱油、料酒、白糖、盐、鸡精、葱段、姜片、水淀粉、香油各适量。

做法

1. 猪排骨洗净，剁小段，下沸水中焯烫熟，捞出沥干。
2. 锅内倒植物油烧热，用葱段、姜片炝锅，下排骨块，烹入酱油、料酒、白糖、盐，加入水烧沸，烧至熟烂入味，拣去葱段、姜片，加鸡精调味，用水淀粉勾芡，淋上香油即可。

🧑‍🍳 飘香肉串

【材料】猪里脊肉 250 克，洋葱、青椒、红椒各 100 克。

【调料】茴香子、葱姜蒜末、盐、白糖、酱油、料酒、辣椒油、植物油各适量。

做法

1. 青椒、红椒分别去蒂、子，洋葱去皮，与猪肉分别洗净，切片。
2. 将猪里脊肉片用全部调料（除辣椒油外）腌渍 2 小时。
3. 取竹签按肉片、洋葱、青椒、红椒顺序依次穿满竹签。
4. 锅内倒油烧至七成热，放肉串反复炸两遍，抹上辣椒油即可。

🧑‍🍳 五香牛腱肉

【材料】牛腱肉 500 克。

【调料】炖料（葱段、茴香子、姜片、料酒、盐、鸡精、酱油）、蒜蓉、辣椒酱、香油、葱花各适量。

做法

1. 牛腱肉洗净，放入沸水锅中焯烫，捞出；锅内放水和炖料，放牛腱肉大火烧沸，焖 2 小时至牛腱肉能被筷子戳穿时关火。
2. 牛腱肉捞出，晾凉切片，加蒜蓉、辣椒酱拌匀，淋香油、撒葱花即可。

麻辣牛板筋

【材料】鲜牛板筋300克、猪肉末50克、净芽菜30克。

【调料】植物油、泡椒段、葱段、姜片、花椒、盐、鸡精、白糖、酱油、料酒、香油各适量。

做法

❶ 鲜牛板筋洗净，加花椒、葱段、姜片、料酒，上锅蒸熟，切条。

❷ 锅内倒植物油烧至八成热，下葱段、姜片、花椒、泡椒段、猪肉末、芽菜炒香，放鸡精、白糖、酱油调味，再放牛板筋，大火稍煮3分钟，加盐，淋上香油，炒匀即可。

油爆羊肚

【材料】羊肚仁1个、青蒜段少许。

【调料】植物油、芡汁（葱花、蒜片、姜片、水淀粉、料酒、鸡汤、醋、盐、鸡精）各适量。

做法

❶ 羊肚仁处理洗净，切块，放沸水锅焯烫片刻，捞出。

❷ 锅内倒油烧热，放羊肚仁过油，捞出沥油。

❸ 锅内倒油大火烧热，放肚仁块、青蒜段爆炒，倒入芡汁翻炒匀即可。

贵妃鸡翅

【材料】鸡翅中600克。

【调料】盐、鸡精、胡椒粉、冰糖水、红葡萄酒、姜粒、葱白段、花椒、清汤、香油、植物油各适量。

做法

❶ 鸡翅中洗净，加盐、胡椒粉腌渍入味，焯烫，捞出，沥干。

❷ 锅内倒植物油烧热，加姜粒、葱白段略炒，加冰糖水、清汤、红葡萄酒、花椒、鸡翅中，大火烧沸，改小火焖熟，拣去葱段、姜粒、花椒，加鸡精炒匀，淋上香油即可。

干烧鲫鱼

【材料】鲫鱼400克、冬笋片、冬菇丁、红椒丁各20克，鸡蛋1个。

【调料】植物油、味精、豆瓣酱、葱花、白糖、盐、料酒、淀粉、酱油、姜片各适量。

做法

❶ 鲫鱼处理洗净，加盐、料酒腌渍；把冬笋片、冬菇丁、鸡蛋液、盐、料酒、味精拌成馅放入鱼腹内，用淀粉封口，剞花刀。

❷ 将鱼放油锅中炸至五成熟，捞出；锅留底油烧热，加全部调料及红椒丁炒香，将鲫鱼放入，加水小火煨熟即可。

🍲 豆豉红椒炒空心菜梗

【材料】空心菜梗 300 克、红椒 400 克、豆豉适量。

【调料】植物油、盐、鸡精适量。

做法

1. 空心菜梗洗净，切段；红椒洗净，去蒂、子，切片。
2. 锅内倒植物油烧热，放豆豉炒香，下空心菜梗和红椒翻炒至熟，加盐、鸡精调味即可。

>> 营养小贴示

◆ 空心菜富含维生素、矿物质和食物纤维，有清热解毒、清血止血、润燥滋阴、除湿通便的功效。

🍲 粉丝蒸大白菜

【材料】大白菜 300 克、粉丝 80 克。

【调料】植物油、蒜蓉、姜末、酱油、盐、辣椒酱各适量。

做法

1. 大白菜洗净，切丝，入沸水锅中焯烫，捞出，放凉；粉丝洗净，用温水泡软，备用；盘子中先放入粉丝，再铺上白菜丝。
2. 锅内倒植物油烧热，放入蒜蓉、姜末爆香，加辣椒酱、酱油、盐翻炒后倒在白菜丝上，把盘子放入沸水锅中隔水蒸 10 ~ 15 分钟即可。

>> 营养小贴示

◆ 粉丝含有碳水化合物、膳食纤维、蛋白质等营养成分，柔润嫩滑，爽口宜人。

🍲 番茄荸荠

【材料】荸荠 400 克。

【调料】植物油、番茄酱、白糖、水淀粉、盐、香菜段、料酒、香油、鸡精各适量。

做法

1. 荸荠去皮，洗净，切块，放入沸水锅中焯熟，捞出，沥水。
2. 番茄酱、白糖、盐、水淀粉和适量水调成味汁。
3. 锅内倒植物油烧热，放入荸荠块，烹入料酒和味汁，翻炒均匀，淋上香油，撒上鸡精，用香菜段点缀即可。

>> 营养小贴示

◆ 荸荠中含有较多的磷，可促进体内的糖、脂肪、蛋白质三大物质的代谢，调节酸碱平衡，维持人体正常生长发育和生理功能的需要。

萝卜丝炒蕨根粉

【材料】胡萝卜 150 克、蕨根粉 100 克。

【调料】植物油、盐、鸡精、醋各适量。

做法

❶ 萝卜洗净，切丝；蕨根粉放清水中浸泡后煮软，过凉。

❷ 锅内倒植物油烧热，放入萝卜丝翻炒至七成熟，下蕨根粉，翻炒，加盐、鸡精、醋调味即可。

>> **营养小贴示**

◆蕨根粉是从野生蔬菜的根里提炼出来的淀粉做成的粉丝食品。它富含铁、锌、硒等多种微量元素和维生素及多种必需氨基酸，其维生素C含量每100克高达28.6毫克。

干炸藕合

【材料】鲜藕 400 克、猪肉馅 150 克、面粉 50 克。

【调料】植物油、葱花、姜末、酱油、盐、五香粉、苏打粉各适量。

做法

❶ 将猪肉馅放入碗内，加葱花、姜末、酱油、盐搅匀备用；将面粉、苏打粉、五香粉加水调成面糊。

❷ 将鲜藕洗净，去皮，放入沸水锅中焯烫，切厚片，每两片相连成合叶状，将藕片夹入肉馅，蘸上面糊。

❸ 锅置火上，倒植物油烧热，放入蘸过糊的藕片，炸至藕片熟后，取出即可。

 举一反三

可以将莲藕换为茄子，做出美味的干炸茄合。

水煮鲜笋

【材料】带壳鲜笋 750 克。

【调料】盐、香辣酱各适量。

做法

❶ 鲜笋洗净，去老根，放入淡盐水中煮熟，捞出。

❷ 熟鲜笋剖开去壳，切片，裹盐、香辣酱食用即可。

>> **营养小贴示**

◆鲜笋富含粗纤维、微量元素以及多种维生素和氨基酸，具有低脂肪、低糖、高纤维的特点，有清热化痰、沥水消肿、润肠通便的功效。

👤 辣味玉米笋

【材料】罐装玉米笋 1 瓶。

【调料】葱姜末、辣椒油、香油、盐、鸡精各适量。

做法

1. 玉米笋取出，从中间剖开，放入沸水中焯烫，捞出，过凉，装盘。
2. 把辣椒油、香油、盐、鸡精、葱姜末一同撒在玉米笋上，拌匀即可。

≫ 营养小贴士

◆ 玉米笋具有独特的清香，口感甜脆，鲜嫩可口，含有丰富的维生素、蛋白质、矿物质。

👤 腐乳汁茭白

【材料】茭白 450 克、腐乳汁适量。

【调料】盐、白糖、料酒、鸡精、鲜汤、植物油各适量。

做法

1. 茭白削皮，洗净，拍松，切长筷条状。
2. 锅内倒植物油烧至五成热，倒入茭白条，炸至呈黄色捞出，沥油。
3. 锅留底油，倒入腐乳汁略熬炒，倒入茭白条翻炒，再加鲜汤、白糖、料酒、盐、鸡精，加盖小火煮至卤汁浓稠，出锅即可。

≫ 营养小贴士

◆ 茭白富含具有解酒功能的维生素，能起到很好的解酒作用。

👤 洋葱炒豆干

【材料】洋葱 200 克、豆腐干 200 克。

【调料】盐、鸡精、植物油各适量。

做法

1. 洋葱去皮，洗净，切丝；豆腐干洗净，切丝。
2. 锅内倒植物油烧热，下洋葱丝和豆腐干丝煸炒至熟，调入盐、鸡精即可。

🎵 举一反三

可以将豆腐干换为鸡蛋、火腿或是大蒜煸炒，都是美味清新的家常菜。

泡椒四季豆

【材料】四季豆 350 克、野山椒 50 克。

【调料】植物油、葱末、姜末、蒜末、泡椒末、盐、鲜汤各适量。

做法

1. 四季豆洗净，掐取两端豆尖，撕去边筋，切长段；野山椒洗净，去蒂、子，切丝。

2. 锅内倒植物油烧热，加葱末、姜末、蒜末、泡椒末、野山椒炒香，加鲜汤，放四季豆，小火焖 8 分钟，大火收汁，加盐调味即可。

≫ 营养小贴士
◆四季豆可以放入热油锅中，用焖的方法做出可口的油焖四季豆。

山药烩香菇

【材料】山药 300 克，新鲜香菇、胡萝卜各 100 克，红枣 10 克。

【调料】植物油、葱段、酱油、胡椒粉、盐各适量。

做法

1. 胡萝卜去皮洗净，切薄片；香菇洗净，去蒂，切薄片；红枣洗净，放入清水中浸泡片刻，捞出去核；山药洗净，去皮，切薄片，放入淡盐水中浸泡。

2. 锅内倒植物油烧热，爆香葱段，放入山药、香菇及胡萝卜炒匀，加红枣、酱油，用中火焖煮 10 分钟至山药、红枣熟软，调入盐和胡椒粉即可。

≫ 营养小贴士
◆山药营养丰富，可改善血液循环，增强人体免疫功能。

芥蓝鸡腿菇

【材料】芥蓝 200 克、鸡腿菇 150 克。

【调料】葱末、姜末、盐、鸡精、植物油各适量。

做法

1. 芥蓝洗净，切片；鸡腿菇洗净，去蒂，撕小片。

2. 锅内倒植物油烧热，爆香葱末、姜末，下鸡腿菇翻炒，再放芥蓝略炒，加盐、鸡精即可。

举一反三
可以将芥蓝换为胡萝卜，就可做出美味的胡萝卜炒鸡腿菇，换为鱿鱼就是鲜美的鸡腿菇炒鱿鱼。

木耳色泽黑褐,质地柔软,味道鲜美,营养丰富,可素可荤,并可防治缺铁性贫血。

肉丝汤面

材料

家常切面 200 克、猪瘦肉 150 克、水发木耳 50 克、胡萝卜 1/2 根、黄瓜 1 根。

调料

植物油、鲜汤、葱丝、姜丝、酱油、料酒、盐、鸡精、水淀粉、香油各适量。

做法

1. 胡萝卜去皮,与黄瓜一起洗净,切丝;木耳洗净,去蒂,撕小片;猪瘦肉洗净,切丝,加酱油、料酒、水淀粉腌渍 10 分钟。
2. 锅内倒水煮沸,放入切面,煮熟,捞出过凉,放入碗中。
3. 另起锅倒植物油烧热,放葱丝、姜丝爆香,放入肉丝、胡萝卜丝炒至变色,加木耳片,放入料酒、鲜汤、酱油烧沸,放盐、鸡精调味,放入黄瓜丝,淋上香油,盛入面碗中即可。

>> 营养小贴士

◆猪肉为人类提供优质蛋白质和必需的氨基酸,还提供血红素和促进铁吸收的半胱氨酸,能改善缺铁性贫血。

四喜饺子

材料

烫面团 400 克，猪瘦肉 100 克，鸡蛋、火腿、水发木耳、油菜各 50 克。

调料

盐、鸡精、酱油、香油各适量。

做法

1. 鸡蛋煮熟取蛋黄；木耳洗净，去蒂；油菜、火腿洗净，均剁成末。
2. 猪瘦肉洗净，剁成肉泥，加酱油、盐、鸡精、香油拌匀，即成肉馅；木耳末、火腿末、蛋黄末、油菜末分别加盐、鸡精拌匀。
3. 取烫面团搓条，下剂，擀皮，将肉馅包入皮内，捏成有四个孔的饺子，在四个孔内分别加入拌好的火腿末、木耳末、蛋黄末、油菜末，制成四喜饺子生坯，上笼蒸 8 分钟即可。

鸡蓉虾仁馄饨

材料

馄饨皮 200 克、虾仁 100 克、鸡蛋 1 个（取蛋清）、鸡脯肉 150 克。

调料

葱末、姜末、盐、鸡精、酱油、淀粉、胡椒粉各适量。

做法

1. 虾仁洗净，去沙线，加盐、鸡精、蛋清、胡椒粉和淀粉上浆；鸡脯肉洗净，剁成鸡蓉。
2. 将鸡蓉放入盆中，加水充分拌匀，搅至黏稠，加酱油、盐、鸡精、葱末、姜末拌匀，即成馅料。
3. 将馅料包入馄饨皮中，每只馄饨内放 1 只虾仁，制成馄饨生坯。
4. 锅内倒水煮沸，放入馄饨生坯，待汤再烧沸，馄饨漂浮起来即可。

☺ 佛手枣泥包

【材料】面粉 500 克、红枣 200 克。

做法

1. 红枣放入清水中浸泡，捞出放入清水锅中煮沸，转小火煮至水干，去核、去皮，压成泥，即为枣泥馅。
2. 面粉放入容器中加水和匀揉成面团，稍饧。
3. 将发面团搓条，下剂子，擀成圆皮，包入枣泥馅，制成佛手形生坯，静置发酵。
4. 将生坯上笼蒸 8 分钟至熟即可。

♫ 举一反三
可以将红枣馅换为豆沙，包入馅后，制成仙桃形生坯，蒸熟后即为寿桃包。

☺ 紫菜肉丝卷

【材料】烤紫菜 200 克，猪瘦肉 150 克，胡萝卜、青豆各 50 克，熟玉米粒适量。

【调料】盐、鸡精、酱油、植物油、胡椒粉各适量。

做法

1. 猪瘦肉洗净，切丝；青豆洗净，放入清水中浸泡。
2. 胡萝卜去皮，洗净，切粒，加入肉丝、青豆、玉米粒和盐、鸡精、酱油、植物油、胡椒粉一起拌匀，调成馅料。
3. 烤紫菜放平，将馅料做成条状，放在紫菜上，卷成紫菜肉丝卷生坯。
4. 将生坯上笼蒸熟，取出晾凉，切片。
5. 平底锅倒油烧热，放紫菜卷，煎至上色即可。

☺ 芝麻烧饼

【材料】面粉 600 克、芝麻 100 克、酵母适量。

【调料】盐、白糖、花椒、茴香子、芝麻酱、食用碱、植物油各适量。

做法

1. 面粉放入盆内，加酵母和水，搅拌均匀，揉成面团，盖上湿布，静置发酵至面团发起成嫩酵面；将白糖放油锅炒熟即成糖色。
2. 将花椒、茴香子炒香，碾碎，加芝麻酱、盐、植物油搅成调料。
3. 面团放在砧板上，放入食用碱，揉匀揉透，分成小块，揉成长方形，擀开，用手甩成长片，抹上做好的调料，卷成筒形，按扁，刷上糖色，蘸上芝麻，即成芝麻饼生坯。
4. 将烧饼生坯均匀地码入烧盘内，放进烤箱中，烤至表面呈金黄色，内软熟透即可。

赖汤圆

【材料】糯米粉 250 克、豆沙 200 克、黑芝麻 20 克。

【调料】白糖、枸杞子各适量。

做法

1. 黑芝麻放入热锅中炒香倒入盆中,加豆沙、白糖拌匀,做成馅心。
2. 糯米粉加水拌匀成糯米团,下剂,包入馅心制成汤圆。
3. 锅置火上,加水烧沸,下汤圆煮至浮起且汤圆皮有弹性,馅心熟透时,放少许枸杞子,稍煮后起锅,舀在碗内,加汤即可。

 举一反三

汤圆里可以放红枣、桂圆、葡萄干或莲子,也都很美味可口。

虾皮杭椒炒饭

【材料】虾皮 50 克、杭椒 5 个、米饭 2 碗。

【调料】植物油、葱花、盐、鸡精各适量。

做法

1. 杭椒洗净,去蒂、子,切丝;虾皮洗净,放入清水浸泡片刻,捞出沥水。
2. 锅内倒植物油烧热,下虾皮略炒,放杭椒翻炒,再放米饭略炒,调入盐、鸡精,撒上葱花即可。

》营养小贴士

◆ 大米中含有的维生素E,具有消融胆固醇的神奇功效。
◆ 大米中含有水溶性食物纤维,经常食用可以预防动脉硬化。

腰果麻团

【材料】汤圆粉 500 克、澄面 100 克、腰果 50 克。

【调料】植物油、白糖、莲蓉、白芝麻各适量。

做法

1. 腰果洗净;澄面搓条,切小剂子,每个剂子里放 2 个腰果及适量莲蓉,即为馅料。
2. 汤圆粉、植物油、白糖放入容器中,加水搅拌均匀,搓至表面光滑,切小剂子,用汤圆团包住馅料,裹上白芝麻做成球形。
3. 锅内倒植物油烧至六成热,把麻团放入锅中,炸至浮起,转中火炸至金黄,捞出即可。

🧑 莲藕玉米排骨汤

【材料】莲藕 200 克、猪排骨 150 克、玉米 50 克。

【调料】葱段、姜片、大料、鸡精、料酒、盐各适量。

做法

1. 将猪排骨洗净，剁小块，用沸水焯烫去血水，捞出洗净，沥水；玉米去蒂、皮、须，洗净剁小段；莲藕洗净，去皮，切段。
2. 将排骨块、玉米段、藕段放入锅中，加葱段、姜片、大料、鸡精、料酒、盐，大火煮沸，转小火炖约 30 分钟即可。

🧑 香菇翅尖汤

【材料】鸡翅尖 300 克、水发香菇 100 克、冬笋 5 克、油菜适量。

【调料】植物油、葱段、姜片、料酒、盐各适量。

做法

1. 鸡翅尖、油菜洗净；香菇去蒂，冬笋去皮，分别洗净，切片。
2. 锅中加水煮沸，加料酒，下鸡翅尖焯水，去血沫，捞出。
3. 锅内倒植物油烧热，爆香葱段、姜片，下香菇片、冬笋片略炒，加入鸡翅尖炒出香味后加水煮沸，转小火煮至翅尖熟透，放入油菜、盐搅匀，至油菜熟即可。

🧑 核桃老鸽汤

【材料】核桃仁 240 克、老鸽 1 只、红枣适量。

【调料】姜片、盐各适量。

做法

1. 老鸽处理洗净，放入沸水中煮 5 分钟，去血沫，捞起沥水。
2. 核桃仁保留红棕色衣膜，洗净；红枣洗净，放清水浸泡后去核。
3. 锅内加水放上老鸽、核桃仁、红枣、姜片，大火烧沸，转中火煲 3 小时，加盐调味即可。

🧑 鱼丸莼菜汤

【材料】鱼肉 350 克、莼菜 500 克、火腿 50 克。

【调料】盐、高汤各适量。

做法

1. 鱼肉洗净，沥水，剁成蓉，加少许高汤及盐，搅成豆花状，再揉成鱼丸；莼菜择洗净，切段；火腿洗净，切丝。
2. 把鱼丸放入沸水锅中煮熟，捞出。
3. 锅内注入高汤煮沸，放入莼菜和鱼丸，煮沸 5 分钟，撒上火腿丝，用盐调味即可。

宋嫂鱼羹

材料

鳜鱼 1 条、熟火腿丝 10 克、熟笋肉丝 20 克。

调料

植物油、酱油、盐、料酒、水淀粉、葱段、葱花、姜丝、蛋液各适量。

做法

1. 鳜鱼处理干净，片成两片，加葱段、姜丝、料酒、盐稍腌，上笼蒸 6 分钟，去掉葱段、姜丝，把鱼肉拨碎，去净皮、骨，放入碗中。

2. 锅内倒植物油烧热，爆香姜丝，加水烧沸，加料酒、笋丝，再烧沸，把鱼肉及原汁下锅，加酱油、盐，淋入蛋液，用水淀粉勾芡，待羹汁再沸时，盛入盆内，撒上熟火腿丝、姜丝、葱花即可。

干贝海带排骨汤

材料

干贝 50 克、水发海带 100 克、猪排骨 150 克。

调料

姜片、盐各适量。

做法

1. 干贝洗净用温水浸泡 4 小时捞出；海带洗净泡发，切丝；猪排骨洗净，剁小块，放沸水锅中焯透，捞出，沥水。

2. 锅内加水烧沸，放排骨块、干贝、海带丝和姜片大火煮至沸，再转小火煮 10 分钟，放盐调味即可。

最常用的 刀功技法

材料的种类、用途等各有不同，所以在切法和刀工使用上就有明显的不同。

✿切圆片法

先将材料削成圆柱状，再直切成片即可。

✿切斜片法

可随着角度大小切成不同斜度的斜片。

✿切扇形片法

先用刀将材料片成4等份，再直刀切成扇形片，适用于竹笋等。

✿切花刀法

刀的深度约为材料厚度的2/3，均匀整齐，切忌杂乱无章，在材料上切上图案或花纹，以增强美感。

✿刨刀法

片刀以横批的方式削成薄片，将食材浸泡盐水使其软化。

✿削刀法

将材料由上往下斜削。

✿剜刀法

把材料内部挖空，以便加入馅料，适用瓜果、鸡、鸭、鱼等。

✿菊花刀

先将材料切成一条条平行刀纹，但不可切断，再直角横切一条条平行刀纹，仍不切开，即如菊花样。

✿单刀剁

一手扶稳食材一手持刀，刀身垂直砧板上下起落，将材料切断，适宜将原料剁成蓉或末。

✿双刀剁

以双手各持一刀，两手交替剁下，宜用文武刀操作。

从小爱吃的家常菜

京酱肉丝

📗材料
猪里脊肉250克、鸡蛋1个（取蛋清）。

📗调料
葱丝、姜丝、甜面酱、料酒、白糖、酱油、盐、鸡精、淀粉、植物油各适量。

做法
1. 将一半的葱丝放入盘中央；猪里脊肉洗净，切丝，放碗中，加料酒、盐、鸡精调匀，放蛋清、淀粉上浆抓匀。
2. 锅内倒油烧至三成热，放入肉丝滑熟，捞出沥油。
3. 锅内留底油烧热，投入葱丝、姜丝爆香，加甜面酱炒香，倒入滑好的肉丝，翻炒，加白糖、酱油炒匀倒入有葱丝的盘中即可。

♥举一反三
肉丝可以搭配青椒、木耳、菜花，用大火爆炒的方法做出青椒炒肉、木耳炒肉和菜花炒肉来。

排骨炖干豆角

📗材料
猪排骨250克、干豆角300克。

📗调料
鸡精、盐、胡椒粉、酱油、葱段、姜片、清汤、植物油各适量。

做法
1. 干豆角泡好，洗净，切长段；排骨洗净，剁小段；干豆角和排骨段分别放沸水锅中焯熟，捞出沥水。
2. 锅内倒植物油烧至七成热，下排骨段煸炒，捞出沥油。
3. 锅留底油烧热，下姜片、葱段炒香，倒入排骨、清汤，加盐、胡椒粉、酱油，小火烧透入味，撇去杂质，将干豆角放入锅内一起烧至入味，加鸡精调味，大火收汁即可。

白切肘子

📗材料
去骨猪前肘1个、棉线绳1根。

📗调料
蒜泥、香油、大料、桂皮、葱段、姜片、料酒、盐、白糖、醋、酱油各适量。

做法
1. 猪前肘洗净，刮去油腻，沥水，卷成肉卷后用线绳捆紧备用。
2. 沙锅中放肘子，加大料、桂皮、葱段、姜片、料酒及清水，大火烧沸后转小火煮 1 小时，直至猪肘子煮至熟透，趁热捞出，沥干晾凉，解开线绳，切成半圆片装盘。
3. 将蒜泥、盐、白糖、醋、酱油、香油拌匀，浇在盘中即可。

熘肝尖

材料

猪肝250克、鸡蛋2个（取蛋清）。

调料

葱末、姜末、醋、酱油、料酒、干淀粉、白糖、植物油、水淀粉、香油各适量。

做法

1. 猪肝放入清水中浸泡30分钟，去除血水，捞出，切片，放入碗中，加葱末、姜末、酱油、料酒、淀粉腌渍。

2. 另取碗，放入蛋清、淀粉调成蛋清糊。

3. 锅内倒植物油烧热，将猪肝逐片裹蛋清糊入油锅炸至浅金黄色捞出，待油温升高时，复炸至黄色，捞出沥油。

4. 锅留底油，放葱末、姜末煸香，加料酒、白糖、酱油和适量水烧沸，用水淀粉勾芡，倒入醋，加猪肝，淋香油，翻锅装盘即可。

葱扒小蹄

材料

猪蹄500克。

调料

姜片、葱段、花椒、白糖、酱油、鸡精、盐、料酒、高汤、植物油各适量。

做法

1. 葱段中间切一道口，夹住花椒。

2. 猪蹄洗净，放入沸水锅煮至六成烂时，捞出沥干，抹酱油，一切两半。

3. 油锅烧热，放猪蹄炸至金黄色捞出，皮朝下装碗，加全部调料入笼蒸烂取出，去掉葱姜、花椒，扣入盘内即可。

红烧肚块

材料

猪肚头3个、冬笋50克、水发木耳20克。

调料

葱段、蒜片、香油、酱油、鸡精、料酒、水淀粉、植物油各适量。

做法

1. 将猪肚头洗净，切方块，焯烫，捞出，沥干；冬笋去皮洗净，切片；木耳洗净，去蒂，撕小块。

2. 油锅烧热，放猪肚头稍炒，捞出。

3. 锅留底油，用葱段、蒜片炝锅，加肚头、料酒、酱油小火煨，再放冬笋片、木耳、大火烧沸，用水淀粉勾芡，调入鸡精，淋上香油即可。

芥蓝炒牛肉

材料

牛肉150克、芥蓝250克、红椒2个、鸡蛋1个（取蛋清）。

调料

植物油、盐、鸡精、老抽、蒜末、香油、水淀粉各适量。

做法

1. 牛肉洗净，去筋膜，切长条，用盐、鸡精、老抽、蛋清、水淀粉腌渍入味；芥蓝去叶留梗，削皮，洗净斜切片；红椒洗净，去蒂、子，切菱形片。

2. 锅内倒植物油烧至六成热，下牛肉片滑油至八成熟，捞出沥油。

3. 锅留底油，下蒜末煸香，再下芥蓝片、红椒片、盐、牛肉片，迅速翻炒入味，加鸡精调味，用水淀粉勾芡，淋上香油即可。

干煸牛肉丝

材料

牛肉400克、水发竹笋100克。

调料

花椒、淀粉、白糖、鸡精、干辣椒、植物油、盐、葱花、姜末各适量。

做法

1. 牛肉洗净,切丝,加盐腌渍入味,裹淀粉,下油锅炸酥,捞出沥油;竹笋去皮洗净,切丝。

2. 锅留底油,下葱花、姜末、干辣椒、花椒爆香,倒入炸好的牛肉丝、竹笋丝翻炒均匀,加白糖、鸡精调味即可。

青椒牛柳

材料

青椒150克、牛里脊肉200克、胡萝卜50克。

调料

葱段、酱油、白糖、料酒、淀粉、植物油、盐各适量。

做法

1. 牛里脊肉洗净,去筋膜,切丝,加酱油、白糖、淀粉腌渍10分钟;青椒洗净,去蒂、子,切丝,胡萝卜去皮洗净,切丝,放入沸水中焯烫备用。

2. 锅内倒植物油烧热,爆香葱段,加入青椒丝、胡萝卜丝、牛肉丝,烹料酒,加入酱油、白糖、盐及适量水炒匀,用淀粉勾芡即可。

营养小贴士

◆牛柳指是牛的里脊肉,在烹饪牛柳时,时间不宜过长,否则不仅会破坏滑嫩的口感,还会流失牛柳中的营养。

葱爆羊肉

材料

大葱200克、羊肉250克、鸡蛋1个(取蛋清)。

调料

味汁(料酒、酱油、盐、鸡精、白糖、水淀粉)、葱姜汁、胡椒粉、植物油、香油各适量。

做法

1. 羊肉洗净,切片,加料酒、葱姜汁、鸡精、胡椒粉,抓匀入味,再加蛋清、水淀粉拌匀上浆;葱去老皮,洗净,切片。

2. 锅内倒油烧至五成热,下羊肉片炒散至变色,加葱片煸炒至断生,加味汁炒匀,淋上香油即可。

清蒸小鸡

材料

小鸡1只(约750克)、水发木耳15克、菠菜15克。

调料

香菜末、料酒、鸡汤、香油、盐、葱段、姜片、花椒、鸡精各适量。

做法

1. 将鸡宰杀,煺毛,顺肚剖开,除去内脏,洗净,放沸水锅中焯烫,去浮沫;菠菜洗净;水发木耳洗净,去蒂,切开。

2. 鸡肉朝下,除去鸡骨,再按鸡形摆放蒸盆内,加盐、葱段、姜片、鸡汤,把花椒打包放入盆内,上笼蒸烂取出,拣去葱段、姜片,翻扣在盆里。

3. 锅置火上,将鸡汤烧沸,撇去浮沫,加盐、鸡精、菠菜、木耳、料酒烧沸,浇在鸡盆内,淋上香油,撒上香菜末即可。

棒棒鸡丝

材料

鸡脯肉200克。

调料

酱油、芝麻酱、辣椒油、白糖、醋、葱白丝、花椒油各适量。

做法

1. 鸡脯肉洗净,煮熟,捞出,放砧板上,晾凉,用木棒轻打,肉质疏松后撕成丝,装入盘中,葱白丝放上面。

2. 将芝麻酱用醋调稀,再倒入酱油、辣椒油、白糖、花椒油调匀,浇在鸡丝上拌匀即可。

营养小贴士

◆鸡肉中含有较多的不饱和脂肪酸和蛋白质,有增强体质、强壮身体的作用,其中的胶原蛋白能补充人体所缺少的水分和弹性,延缓皮肤衰老。

小鸡炖蘑菇

材料

童子鸡750克、干松蘑75克。

调料

葱段、姜片、干辣椒、料酒、白糖、鸡精、酱油、盐、植物油各适量。

做法

1. 将童子鸡洗净,剁块;干松蘑用温水泡发,洗净,去蒂,挤干水分。

2. 锅内倒植物油烧热,放入葱段、姜片和干辣椒爆香,加入鸡块翻炒至鸡肉变白,依次放入料酒、白糖、鸡精、酱油和盐,炒匀后加水,汤汁沸腾后,放入松蘑,转小火炖1小时,汤汁收浓即可。

脆香鸭舌

材料

鸭舌250克、尖椒1个。

调料

花椒粉、蚝油、姜片、白糖、葱段、葱花、料酒、盐、植物油各适量。

做法

1. 鸭舌洗净,放料酒、盐、姜片、葱段腌渍入味,上笼蒸10分钟,取出;尖椒洗净,去蒂、子,切圈。

2. 油锅烧至五成热,下葱花、尖椒圈、姜片、花椒粉翻炒,放鸭舌、盐翻炒,下白糖、蚝油调匀即可。

葱爆鸭片

材料

鸭肉250克、大葱100克。

调料

白糖、酱油、香油、植物油、料酒、醋、姜末、蒜末、盐各适量。

做法

1. 鸭肉洗净,切片;大葱洗净,切斜长段。

2. 锅内倒植物油烧热,爆香蒜末、姜末,烹入醋,放鸭片翻炒,变色时加料酒、酱油、盐、白糖,再下葱段翻炒,淋上香油即可。

三色蒸蛋

材料

鸡蛋、松花蛋、咸鸭蛋各2个。

调料

盐、鸡精、淀粉各适量。

做法

1. 将鸡蛋分黄、清分别打入碗中,在蛋黄中加盐、鸡精、淀粉拌匀。

2. 将松花蛋切好装盘,咸鸭蛋取蛋黄放在松花蛋的中间,再将打好的鸡蛋黄倒入,上笼蒸10分钟,撒少许淀粉,倒入蛋清再蒸5分钟,取出切片即可。

干炸黄花鱼

材料

黄花鱼1条（约500克）。

调料

植物油、蒜末、姜末、盐、酱油、花椒粉、辣椒油、鸡精各适量。

做法

1. 黄花鱼处理干净，抹匀盐，晾干。
2. 锅内倒植物油烧热，下鱼炸成金黄色，炒香蒜末、姜末，放辣椒油、花椒粉、酱油，加水稍焖，放少许盐、鸡精调味即可。

皮蛋豆腐

材料

皮蛋2个、豆腐300克。

调料

葱花、生抽、香油、醋各适量。

做法

1. 将豆腐洗净，切丁，放入沸水中泡片刻，取出，沥水，装入盘中。
2. 皮蛋剥壳，切小块；将生抽、香油、醋混匀成味汁。
3. 将皮蛋块、葱花放在豆腐上，浇上调味汁，拌匀即可。

清蒸武昌鱼

材料

净武昌鱼1条，熟火腿25克，水发香菇、冬笋片各50克。

调料

植物油、料酒、盐、胡椒粉、葱段、姜片各适量。

做法

1. 武昌鱼洗净，在鱼身两面剞花刀，撒盐腌渍，装盘；香菇去蒂，洗净，切片；熟火腿切片，和冬笋片、香菇片间隔摆在鱼身周围，上覆盖葱段、姜片，淋上料酒、植物油。
2. 将鱼连盘上笼蒸至熟，拣去葱姜，撒上盐、胡椒粉。

糖醋辣味虾

材料

大虾300克。

调料

植物油、料酒、盐、面粉、葱丝、姜丝、蒜丝、水淀粉、醋、白糖、香油各适量。

做法

1. 虾洗净，去尾、去沙线，用料酒、盐、面粉调匀，把虾放入，让调料沾满虾身，放入油锅炸至金黄色，捞出。
2. 用葱丝、姜丝、蒜丝、醋、白糖、盐、水淀粉调成味汁。
3. 锅内放油烧热，放味汁，再放入炸好的虾翻炒，淋上香油即可。

咸蛋黄焗南瓜

材料

南瓜150克、咸鸭蛋2个。

调料

香菜段、植物油、盐、鸡粉各适量。

做法

1. 南瓜去皮，切开，去瓤，然后切条状，放入沸水锅中焯烫，捞出，沥水。
2. 咸鸭蛋去壳，取蛋黄，用刀把蛋黄压碎。
3. 锅内倒植物油烧热，将压碎的鸭蛋黄放入，炒到起气泡，加水，加入盐和鸡粉，把南瓜倒入翻炒，直到南瓜上全部沾满蛋黄，撒上香菜段点缀即可。

营养小贴士

◆南瓜富含维生素、矿物质和纤维素，具有增强人体机能、防治心血管疾病、延缓衰老等功效。

土豆蘑菇沙拉

材料

土豆、干香菇各100克，黄瓜、洋葱、青椒、番茄、胡萝卜各60克。

调料

芥末、沙拉酱、醋、香油、白糖各适量。

做法

1. 将土豆洗净，去皮，切成方丁；香菇洗净，放入清水中浸泡后，去蒂，放入沸水锅中焯烫，捞出沥水。

2. 黄瓜、洋葱分别去皮，洗净，切丁；青椒洗净，去蒂、子，切丁。

3. 番茄洗净，放入沸水中焯烫，去皮，切丁；胡萝卜去皮，洗净，切丁；放入沸水锅中焯熟。

4. 将各种材料放入碗中，加入芥末、沙拉酱、醋、香油、白糖拌匀即可。

凉拌木耳

材料

水发木耳100克、黄瓜60克。

调料

香油、盐、鸡精各适量。

做法

1. 发好的木耳去蒂，洗净，放入沸水中焯烫片刻，捞出，用凉开水浸凉，沥水，切丝。

2. 黄瓜洗净，切丝，放入碗中，加盐腌渍片刻。

3. 将黄瓜丝挤去水分，与木耳丝一起放入盘中，撒上鸡精、盐拌匀，淋上香油即可。

凉拌金针菇

材料

金针菇250克。

调料

香油、盐、鸡精、白糖各适量。

做法

1. 将金针菇洗净，去蒂，放沸水中焯熟捞出，装盘。

2. 将盐、白糖、鸡精、香油拌匀，浇在盘内即可。

营养小贴士

◆金针菇含锌量较高，对儿童的身高和智力发育有良好的作用。

红油笋丝

材料

竹笋250克、红椒50克。

调料

盐、鸡精、葱花、红油、植物油各适量。

做法

1. 竹笋去皮洗净，切丝，放入沸水锅中焯熟，捞出沥水；红椒洗净，去蒂、子，切丝放入沸水锅中焯熟后放在笋丝上。

2. 锅置火上，放入植物油烧热，放入红油，下葱花煸香，再加盐、鸡精拌匀，淋在红椒笋丝上即可。

芹菜拌桃仁

材料

芹菜300克、核桃仁50克。

调料

盐、鸡精、香油各适量。

做法

1. 将芹菜去掉叶及老根，洗净，切丝，放入沸水锅中焯烫，捞出过凉，沥水，加盐、鸡精、香油拌匀。

2. 核桃仁用沸水浸泡后剥去薄皮，再放入沸水中泡约5分钟取出，放在芹菜上即可。

酸辣白菜心

材料

白菜心500克。

调料

盐、醋、酱油、白糖、泡红辣椒丝、姜丝、花椒各适量。

做法

1. 白菜心择洗净，切成长丝，放沸水锅中焯烫，加盐拌匀，腌渍2小时，挤出水分，放入可密封的碗内。
2. 将醋、酱油、白糖、泡红辣椒丝、姜丝和花椒拌匀，倒入白菜心中搅拌，盖好盖，腌渍片刻即可。

芝麻小白菜

材料

小白菜400克、熟白芝麻15克。

调料

盐、植物油各适量。

做法

1. 小白菜择洗干净，切段。
2. 锅内倒植物油烧热，放入小白菜段，大火爆炒1分钟，放盐调味，炒匀后盛出。
3. 在炒熟的小白菜上撒上熟白芝麻即可。

炝炒圆白菜

材料

圆白菜500克。

调料

花椒、干辣椒、醋、白糖、姜片、蒜片、盐、鸡精、植物油各适量。

做法

1. 圆白菜择洗净，撕大片。
2. 锅内倒植物油烧至七成热，下花椒、干辣椒、姜片、蒜片爆香，下圆白菜片翻炒至断生。
3. 下白糖、醋、盐、鸡精调味即可。

炒黄花菜

材料

黄花菜200克、水发黑木耳20克。

调料

盐、鸡精、葱花、植物油、水淀粉各适量。

做法

1. 黑木耳泡发，去蒂，洗净，撕小片。
2. 黄花菜泡发，去杂质，洗净，挤去水分，切小段。
3. 锅内倒植物油烧热，放入葱花煸香，放黄花菜段、木耳煸炒，加盐、鸡精煸炒至熟，用水淀粉勾芡即可。

清爽西蓝花

材料

西蓝花200克、胡萝卜100克。

调料

盐、胡椒粉、鸡精、香油各适量。

做法

1. 西蓝花洗净，放入盐水中浸泡，取出掰小朵，放入沸水锅中焯水，捞出，过凉，沥水；胡萝卜去皮，洗净，切菱形片。
2. 西蓝花放盐、胡椒粉、鸡精搅匀装盘，撒胡萝卜片点缀，淋上香油即可。

营养小贴士

◆西蓝花含有蛋白质、碳水化合物、脂肪、矿物质、维生素C和胡萝卜素，还含有钙、磷、铁、钾、锌、锰等微量元素，可以增强肝脏解毒能力，提高人体免疫力。

蒜末苋菜

材料

苋菜300克。

调料

蒜末、醋、盐、白糖、鸡精、生抽、香油各适量。

做法

1. 苋菜洗净，加盐水浸泡15分钟，放入沸水锅中焯烫，捞出，挤干水分，切碎放碗中。

2. 将蒜末、盐、鸡精、白糖、醋、生抽调成味汁，浇在苋菜上拌匀，淋上香油即可。

营养小贴士

◆苋菜富含蛋白质、脂肪、糖类及多种维生素和矿物质，其所含的蛋白质比牛奶更能充分被人体吸收，所含胡萝卜素比茄果类高2倍以上，可为人体提供丰富的营养物质，有利于强身健体、提高机体免疫力，有"长寿菜"之称。

芥菜烧冬笋

材料

净熟冬笋300克、芥菜100克。

调料

高汤、盐、水淀粉、植物油各适量。

做法

1. 冬笋去皮洗净，切片；芥菜择洗净，放入沸水锅中焯烫，过凉，挤去水分，剁成块。

2. 锅置火上，倒入植物油烧热，放入冬笋片略煸炒，加高汤、盐，烧沸后放入芥菜块，用水淀粉勾薄芡即可。

酸辣藕丁

材料

莲藕200克，青、红椒各20克。

调料

葱姜末、料酒、酱油、白糖、鸡精、醋、辣椒油、水淀粉、植物油各适量。

做法

1. 莲藕洗净，去皮，切丁，焯熟；青、红椒洗净，去蒂、子，切丁。

2. 锅内倒植物油烧热，放葱姜末略炒，下青、红椒丁和藕丁煸炒，加料酒、酱油、白糖、鸡精，用水淀粉勾薄芡，淋上醋、辣椒油即可。

豆芽炒韭菜

材料

豆芽250克、韭菜100克、面筋适量。

调料

盐、姜末、鸡精、水淀粉、植物油各适量。

做法

1. 豆芽择洗净；韭菜择洗净，切段；面筋洗净，切块。

2. 锅内倒植物油烧热，下姜末炝锅，倒豆芽翻炒至变软时，加韭菜和面筋翻炒，放盐、鸡精调味，加水淀粉勾芡即可。

炒木樨黄瓜

材料

黄瓜200克、鸡蛋2个。

调料

植物油、葱姜丝、盐、味精、料酒、醋、水淀粉、白糖各适量。

做法

1. 鸡蛋打散，加水、盐拌匀，倒入油锅炒熟；黄瓜洗净，切片。

2. 锅留底油，用葱姜丝炝锅，烹料酒、醋、盐、白糖，投放黄瓜片翻炒至八成熟时放鸡蛋，加味精翻炒，水淀粉勾芡即可。

豆豉苦瓜

材料

豆豉50克、苦瓜400克、红椒1个。

调料

酱油、白糖、香油、盐、植物油各适量。

做法

1. 苦瓜洗净，去蒂、瓤，切块，加盐腌渍，焯烫捞出。
2. 红椒洗净，去蒂、子，切碎。
3. 锅内倒植物油烧热，放红椒末和豆豉炒香，下苦瓜块翻炒，下酱油、白糖，烧至汤收干，淋上香油即可。

酸辣土豆丝

材料

土豆300克、红椒15克。

调料

干辣椒、葱丝、盐、鸡精、醋、香油、植物油各适量。

做法

1. 土豆削皮，洗净，切细丝，放入清水中浸泡片刻。
2. 红椒洗净，去蒂、子，切丝；干辣椒洗净，切细丝。
3. 锅内倒植物油烧热，放葱丝爆香，加干辣椒炒香，再放红椒丝、土豆丝，炒至八成熟时加盐、鸡精调味，淋上醋和香油即可。

茼蒿烧豆腐

材料

茼蒿300克、豆腐3块。

调料

盐、白糖、鸡精、香油、植物油各适量。

做法

1. 茼蒿择洗净，切长段；豆腐洗净，切长条。
2. 锅内倒植物油烧热，下豆腐条，炸至金黄色，加茼蒿翻炒，放盐、鸡精、白糖调味，淋上香油即可。

炒素三丝

材料

豆腐丝200克，青椒、圆白菜各100克。

调料

植物油、酱油、姜末、盐、鸡精、醋、水淀粉各适量。

做法

1. 青椒洗净，去蒂、子，切丝；圆白菜洗净，切丝。
2. 锅内倒植物油烧热，放圆白菜丝和盐煸炒，再放豆腐丝、青椒丝翻炒，调入酱油、姜末、醋，淋少许清水，放入鸡精调味，用水淀粉勾芡即可。

五彩素拉皮

材料

粉皮200克，黄瓜、豆腐丝各100克，胡萝卜、水发木耳、白萝卜各50克。

调料

蒜末、盐、酱油、醋、白糖、鸡精各适量。

做法

1. 粉皮洗净，切丝；黄瓜、白萝卜、胡萝卜分别去皮洗净，切丝；木耳去蒂，洗净，切丝。
2. 将粉皮丝、豆腐丝、白萝卜丝、胡萝卜丝、木耳丝分别焯水，捞出晾凉，与黄瓜丝放入盘中。
3. 将盐、酱油、醋、白糖、鸡精混合浇在盘上，撒上蒜末即可。

肉丝炒面

材料

面粉350克，猪瘦肉、蒜苗各150克。

调料

葱末、酱油、盐、鸡精、料酒、植物油各适量。

做法

1. 猪瘦肉洗净，沥水，切成丝；蒜苗去掉两头，洗净，切成小段。

2. 面粉加水和好揉透揉匀，做成面条，放入沸水锅中煮熟，过凉，沥水，加植物油拌匀。

3. 锅内倒植物油烧热，用葱末炝锅，加肉丝炒至变色，放蒜苗翻炒，加料酒、盐、酱油略炒，再加熟面条，把菜和面翻炒均匀，加少许水，盖上锅盖稍焖，加鸡精调味即可。

馄饨面

材料

面条150克、馄饨皮20张、鲜肉馅100克、虾皮5克、豌豆苗段10克。

调料

葱末、姜末、鸡汤、盐、鸡精各适量。

做法

1. 将鲜肉馅加入葱末、姜末、盐拌匀，用馄饨皮包成馄饨；鸡汤煮沸，用盐、鸡精调味，倒入放虾皮的碗中；豌豆苗洗净，焯水。

2. 锅内加水烧沸，投入馄饨煮熟，捞出，放入盛有鸡汤的碗中。

3. 将面条入沸水锅中煮熟，捞出，放入馄饨碗中，撒上豌豆苗即可。

担担面

材料

细拉面300克、花生仁碎100克。

调料

酱油、香油、白糖、醋、香葱末、红油、蒜泥、芝麻酱各适量。

做法

1. 锅内加水烧沸，放拉面煮熟，捞入碗内，过凉。

2. 将酱油、白糖、醋、香葱末、红油、蒜泥、芝麻酱、香油放在碗内调匀，放入面条拌匀，撒上香葱末、花生仁碎即可。

蔬菜摊饼

材料

面粉500克、小白菜100克。

调料

葱花、盐、植物油各适量。

做法

1. 小白菜洗净，剁碎。

2. 面粉加水，调成稀糊状，加小白菜碎、葱花、盐，搅拌均匀。

3. 锅内倒植物油烧热，把调匀的面粉糊倒入锅中，使其在锅底形成一层薄薄的饼，再淋油煎至金黄色，翻面，将另一面也煎至金黄色，出锅切小块即可。

豆沙春卷

材料

春卷皮500克、甜豆沙400克、面粉适量。

调料

植物油适量。

做法

1. 春卷皮逐张摊开，放上甜豆沙，包成卷，面皮包口处抹上用面粉调成的糊使口粘住。

2. 锅内倒植物油烧至七成热，投入春卷，不断翻动，炸至金黄色捞出即可。

枣糕

材料

去核红枣400克，枸杞子、核桃仁、葡萄干、黑芝麻、松子仁各30克，糙米、薏米各50克，面粉50克。

调料

红糖适量。

做法

1. 将去核红枣、枸杞子、葡萄干、黑芝麻、糙米、薏米分别浸泡洗净，加核桃仁、面粉、少许水拌匀。
2. 将拌匀的面团放沸水锅中蒸20分钟，再焖10分钟后，倒入圆形或心形的模具中。
3. 用松子仁在上面点缀，待冷却后倒出，切片即可。

锅贴

材料

面粉300克、猪瘦肉500克。

调料

酱油、白糖、葱花、姜末、盐、料酒、鸡精、植物油各适量。

做法

1. 猪瘦肉洗净，剁成泥，加酱油、白糖、葱花、姜末、料酒、盐搅拌均匀，然后分两次加适量水搅拌，上劲后加鸡精；面粉用沸水和好，晾凉，揉成面团。
2. 面团切成均匀小段，擀成面皮，包入馅，捏成褶的锅贴生坯。
3. 煎锅置火上，倒植物油烧热，下锅贴煎1分钟后，加面粉水到锅贴的一半，盖上锅盖，煎至水干底部焦黄即可。

清香荷叶饭

材料

大米200克、叉烧肉150克、烤鸭腿1只、香菇4朵、栗子仁6个、熟咸鸭蛋2个、干荷叶适量。

调料

盐、虾米各适量。

做法

1. 大米洗净，浸泡后捞出沥干；叉烧肉、烤鸭腿切丁；香菇泡软，洗净，切丁；咸鸭蛋取蛋黄，切小块；干荷叶浸水泡软，洗净，沥干。
2. 大米倒入碗内，放入香菇、栗子仁、蛋黄、虾米、肉丁及盐拌匀，用荷叶包紧，再放入蒸锅以大火蒸约30分钟至熟即可。

玉米面蔬菜粥

材料

玉米面300克、西蓝花200克、油麦菜100克、胡萝卜50克。

调料

姜末、盐、植物油各适量。

做法

1. 西蓝花洗净，放入盐水中浸泡片刻，捞出放沸水锅中焯水，切成末；胡萝卜去皮，与油麦菜洗净，切成末。
2. 玉米面用沸水调开，放入烧沸的水中，煮成玉米粥。
3. 锅内倒植物油烧热，炒香姜末，放胡萝卜、油麦菜和西蓝花翻炒，加盐调味，盛出。
4. 将炒好的蔬菜放入玉米粥中拌匀，加盐调味即可。

菠菜金钩白玉汤

材料

嫩豆腐200克、菠菜150克、水发海米50克。

调料

葱丝、姜丝、盐、鸡精、料酒、香油、植物油各适量。

做法

1. 菠菜择洗净,切长段,放入沸水锅中焯水,捞出,过凉;嫩豆腐洗净,切长片;水发海米洗净。

2. 锅内倒入植物油烧至五成热,放葱丝、姜丝炝锅,烹入料酒,加水、菠菜段、豆腐片、海米,至汤烧沸后,撇去浮沫,加入盐、鸡精搅匀,淋上香油即可。

营养小贴士

◆海米营养丰富,富含钙、磷等多种对人体有益的微量元素,是人体获得钙的较好来源,也含有较高的蛋白质。

丝瓜竹笋汤

材料

丝瓜200克,水发竹笋、鲜香菇各50克,枸杞子少许。

调料

盐、鸡精、胡椒粉、鸡汤、葱片、姜片、植物油各适量。

做法

1. 丝瓜去皮、瓤,洗净,切滚刀块;竹笋去皮,洗净,切片;鲜香菇去蒂,洗净,一切两半;枸杞子洗净。

2. 锅内倒植物油烧热,炒香葱片、姜片,倒入鸡汤,放丝瓜、竹笋、香菇,烧沸,加盐、鸡精、胡椒粉调味,加枸杞子点缀即可。

番茄豆腐汤

材料

番茄200克、豆腐100克。

调料

盐、鸡精、清汤、植物油各适量。

做法

1. 豆腐洗净,切片,放沸水锅中焯烫,捞出,过凉;番茄洗净,去蒂,放沸水锅中焯烫,去皮切片。

2. 锅内倒入植物油烧热,放入番茄片、豆腐片、清汤烧沸,加盐、鸡精调味即可。

肉末瓜片汤

材料

猪瘦肉末50克、黄瓜1根。

调料

料酒、酱油、水淀粉、姜汁、盐、高汤粉、植物油各适量。

做法

1. 猪瘦肉末放碗中,用料酒、酱油、姜汁、水淀粉抓匀;黄瓜洗净,切片。

2. 锅置火上,倒油烧热,放入肉末炒至变色,盛出。

3. 锅内倒入清水,下猪瘦肉末煮开,去浮沫,再放入黄瓜片、高汤粉,转小火煮熟,加盐调味即可。

排骨冬瓜汤

材料

猪排骨250克、冬瓜500克。

调料

鸡精、清汤、葱花、盐、胡椒粉各适量。

做法

1. 猪排骨洗净,剁块,下锅焯烫去血水,捞出;冬瓜去皮、瓤,洗净,切块。

2. 锅内放清汤烧沸,倒入排骨块烧沸,转小火炖至八成烂时,倒入冬瓜炖煮,撒入葱花、胡椒粉,加盐、鸡精调匀,盛起即可。

绿豆老鸭汤

材料

绿豆200克、老鸭1只。

调料

土茯苓、盐各适量。

做法

1. 将绿豆洗净，浸泡2小时；老鸭洗净，去除内脏放入沸水锅中焯烫，除去血沫。

2. 将绿豆连同老鸭、土茯苓一起放入煲锅内，加入足量水，大火烧沸，小火煮4小时，加盐调味即可。

海带丝汤

材料

水发海带200克、胡萝卜100克、猪瘦肉150克。

调料

盐、酱油、花椒水、葱丝、姜丝、蒜片、鸡精、植物油各适量。

做法

1. 海带洗净，卷成卷，切细丝；猪瘦肉、胡萝卜分别去皮洗净，切细丝；海带丝、胡萝卜丝分别焯烫，捞出，沥干。

2. 锅置火上，倒入植物油烧热，放入葱丝、姜丝、蒜片炝锅，再放入肉丝煸炒，待肉丝变白，放入酱油、花椒水、盐、海带丝、胡萝卜丝，烧沸，撇去浮沫，调入鸡精即可。

银耳清汤

材料

干银耳15克。

调料

盐、鸡精、料酒、胡椒粉、鸡清汤各适量。

做法

1. 银耳用温水浸泡1小时，待其泡发，捞出，沥水，去蒂和杂质，投入沸水锅中焯至嫩熟，捞入大汤碗内。

2. 锅内放入鸡清汤、盐、料酒和胡椒粉，大火烧沸，撇去浮沫，加入鸡精调匀，倒入银耳汤碗内即可。

平菇肉末粉丝汤

材料

平菇100克、肉末50克、粉丝40克。

调料

植物油、葱花、料酒、盐、鸡精、香油各适量。

做法

1. 平菇洗净，放入清水中浸泡后，去蒂撕成条；粉丝洗净泡软，剪短。

2. 锅置火上，倒植物油烧热，放葱花炒香，下肉末、料酒炒至肉末变白，捞出沥油。

3. 锅复置火上，倒入适量水煮沸，放入平菇、粉丝煮沸，倒入炒好的肉末，加盐、鸡精调味，关火后淋上香油即可。

家常拿手招牌菜

：：：粉蒸肉：：：

🌾材料

猪五花肋条肉500克、莲藕150克、生大米粉25克、大米50克。

🥄调料

酱油、盐、鸡精、料酒、白糖、胡椒粉、大料、香菜末、桂皮、姜末各适量。

做法

1. 莲藕洗净，去皮切条，放入碗内，加盐、生大米粉拌匀，蒸熟；猪五花肋条肉洗净，切条，加酱油、盐、鸡精、料酒、白糖、姜末拌匀，腌渍5分钟。

2. 大米淘洗干净，沥干，放锅内，加桂皮、大料炒成黄色，压成小粉粒备用。

3. 猪肉用生大米粉拌匀，放入另一碗中贴碗底码整齐，与莲藕的碗一并入笼蒸1小时取出，把藕放入盘内垫底，蒸肉翻扣在藕上，撒上胡椒粉，至汤汁稍凉，再取出切片，撒上香菜末即可。

蟹黄狮子头

🌾材料

猪五花肉300克、青菜心100克、蟹黄50克。

🥄调料

盐、鸡精、料酒、葱末、姜末、植物油各适量。

做法

1. 将猪五花肉洗净，去皮，把肥肉和瘦肉分别细切成条、粗斩成细粒状，放入碗内，加料酒、盐、鸡精、葱、姜末拌匀制成肉馅；青菜心洗净，切段。

2. 将肉馅做成5个大肉圆，将蟹黄分别插在肉圆上，放入汤碗蒸30分钟取出，使肉中的油脂溢出。

3. 锅内倒植物油烧热，放入切好的菜心，煸炒至翠绿色取出，取沙锅放入煸好的青菜心，再放蒸好的狮子头和肉汁，盖上锅盖烧沸即可。

香卤猪舌

🌾材料

鲜猪舌2个。

🥄调料

卤汤1锅、香菜末适量。

做法

1. 猪舌洗净，放入沸水锅中焯水，捞出冲凉，刮除白膜，洗净。

2. 将猪舌放入卤汤中小火卤30分钟，熄火，浸泡至汤汁稍凉，再取出切片装盘，撒上香菜末即可。

白菜炒五花肉

材料

白菜200克、猪五花肉150克。

调料

葱段、姜片、蒜末、辣酱、酱油、料酒、白糖、盐、植物油各适量。

做法

1. 猪五花肉洗净，切片，放入料酒、酱油、白糖、盐腌渍入味；白菜洗净，逐片掰下切片。

2. 锅内倒植物油烧热，放葱段、姜片、蒜末炒香，放肉片翻炒至变色，再放辣酱、白糖，加入白菜片翻炒即可。

仙人掌焖猪蹄

材料

猪蹄2只、仙人掌100克。

调料

植物油、大料、桂皮、料酒、酱油、白糖、盐、葱段、姜片各适量。

做法

1. 仙人掌削去皮、刺，用淡盐水浸泡20分钟，洗净，切片。

2. 猪蹄从中间劈开，切块，用沸水焯烫，刮洗干净，用料酒、酱油腌渍30分钟。

3. 锅内倒植物油烧热，放葱段、姜片爆香，下猪蹄煎炸至金黄色，加清水、桂皮、大料、仙人掌、酱油、白糖和料酒，大火烧沸，撇去浮沫，转用小火焖煮2小时，加盐调味，待猪蹄软烂即可。

麻辣百叶

材料

牛百叶200克。

调料

盐、醋、葱花、辣椒酱、花椒油、香油各适量。

做法

1. 牛百叶洗净，切条，放入沸水锅中焯熟，去黑膜过凉，加盐腌渍10分钟。

2. 将百叶沥水，加辣椒酱、醋、花椒油、盐拌匀，撒上葱花，淋上香油，拌匀即可。

水煮牛肉

材料

牛肉200克，青蒜段、芹菜段各100克，莴笋片50克。

调料

盐、水淀粉、干辣椒、花椒、姜末、蒜末、肉汤、酱油、鸡精、植物油各适量。

做法

1. 牛肉洗净，去筋膜，切片，用盐、水淀粉抓匀。

2. 锅内倒植物油烧热，把干辣椒和花椒稍炸起锅，剁碎。

3. 锅留底油，下青蒜段、芹菜段、莴笋片炒至断生，加盐翻炒均匀，装盘。

4. 炒锅倒植物油烧至四成热，炒香姜末、蒜末，倒入肉汤烧沸滤渣，加盐、酱油、鸡精炒匀，下牛肉片，待牛肉片熟透、汤汁浓稠，起锅舀在蔬菜盘里，撒剁碎的辣椒、花椒，再淋上七成热的植物油即可。

凉拌侧耳根叶

材料
嫩侧耳根叶200克。

调料
红油、生抽、盐、醋、白糖、花椒粉各适量。

做法

1. 嫩侧耳根叶取尖，洗净，入凉开水中浸泡透，捞出沥干，装盘。

2. 将红油、生抽、盐、醋、白糖、花椒粉调成味汁，浇在侧耳根叶上拌匀即可。

营养小贴士

◆ 侧耳根叶性寒、味辛、微温、苦，有清热解毒、利尿消肿、止血的功效。

腌西蓝花

材料
西蓝花200克、芹菜50克。

调料
蒜片、柠檬汁、白葡萄酒、盐、白糖各适量。

做法

1. 西蓝花去茎，掰成小朵，洗净，焯水，过凉；芹菜择洗净，切段。

2. 锅置火上，加清水大火烧沸，下芹菜段、蒜片、盐、白糖、白葡萄酒、柠檬汁煮约10分钟，制成腌菜汁，倒入容器中放凉。

3. 将西蓝花放入腌菜汁中，腌渍24小时以上，食用时用漏勺捞出西蓝花，沥掉腌汁，盛入盘中即可。

核桃仁炒韭菜

材料
韭菜200克、核桃仁60克。

调料
盐、植物油各适量。

做法

1. 韭菜洗净，切段；核桃仁洗净，去衣膜。

2. 锅置火上，放植物油烧热，放入核桃仁炸黄。

3. 另起油锅，放韭菜段翻炒，放入核桃仁，加盐调味，翻炒至韭菜熟即可。

素烧茄子

材料
茄子500克、豆腐干2块、冬笋25克。

调料
香菜末、鸡精、姜末、料酒、白糖、水淀粉、酱油、香油、植物油各适量。

做法

1. 茄子洗净，去蒂、皮，切块；豆腐干洗净，切斜刀片；冬笋去皮洗净，切薄片。

2. 锅内倒植物油烧至八成热，下茄子块，炸成金黄色，捞出；放豆腐干片略炸。

3. 锅留底油，用姜末炝锅，烹入料酒、酱油，加水、白糖，放茄子、豆腐干、笋片，大火烧沸，略焖，加鸡精调味，用水淀粉勾芡，淋上香油，撒上香菜末即可。

番茄炒菜花

材料
菜花200克、番茄150克。

调料
植物油、面粉、鸡清汤、鲜牛奶、盐、鸡精各适量。

做法
1. 菜花放盐水浸泡后掰成小朵，洗净，放入沸水锅中焯至八成熟捞出；番茄洗净，沸水焯烫后去皮，切块。
2. 锅内倒植物油烧热，倒入面粉炒香，加鸡清汤，搅匀后放入鲜牛奶、盐、番茄块和菜花，加入鸡精翻炒均匀即可。

香菇炒豆腐皮

材料
鲜香菇100克、豆腐皮3张。

调料
葱花、盐、鸡精、植物油各适量。

做法
1. 香菇洗净，去蒂，切丝；豆腐皮略洗，切长条。
2. 锅内倒植物油烧热，爆香葱花，放入香菇丝炒香，再放入豆腐皮略炒，加入浸香菇的水，煨约1分钟，最后加盐、鸡精调味，炒匀即可。

清汤娃娃菜

材料
娃娃菜3棵、虾米10克。

调料
蒜片、盐、植物油、香油各适量。

做法
1. 娃娃菜择洗净，切成两半；虾米洗净，放入清水浸泡片刻，捞出。
2. 锅内倒植物油烧热，爆香蒜片和虾米，放适量水和盐调味，待烧沸后，放娃娃菜，中火煮5分钟，淋上香油即可。

油焖春笋

材料
春笋500克、香菇50克。

调料
植物油、白糖、酱油、料酒、盐、鸡精、香油、葱段、姜丝各适量。

做法
1. 将春笋去壳，切根，放入凉水中用小火煮透，捞出，切滚刀块；将香菇洗净，泡发，划十字花刀。
2. 锅内倒植物油烧至五成热，下笋块、香菇，炒3分钟，捞出沥油。
3. 锅留底油，放葱段、姜丝爆香，加酱油、白糖、料酒、盐烧沸，放春笋、香菇，焖至入味，加鸡精、香油翻炒均匀即可。

口蘑椒油小白菜

材料
白菜心200克、水发口蘑50克。

调料
盐、鸡精、植物油、花椒粒、高汤、水淀粉各适量。

做法
1. 白菜心洗净，切小丁，放入沸水锅中煮烂，捞出，过凉；口蘑洗净，去蒂，挤干水分，切片。
2. 锅置火上，将高汤、盐、白菜烧沸，撇去浮沫，加鸡精，用水淀粉勾芡，倒入汤盘内，口蘑摆在白菜上。
3. 锅内倒植物油烧热，放花椒粒炸至金黄色，出香味后，去掉花椒粒，浇在口蘑上即可。

营养小贴士
◆口蘑中含有多种抗病毒成分，对辅助治疗由病毒引起的疾病有很好的效果。

朝鲜冷面

材料

荞麦面粉180克、面粉120克、熟牛肉20克、苹果片2片、朝鲜泡白菜20克、食用碱适量。

调料

辣酱、香油、盐、白糖、鸡精、醋、酱油各适量。

做法

1. 将荞麦面粉、面粉按6：4的比例混合，用沸水烫成稍硬的面团，加适量食用碱后，揉匀，擀切成细面条，入沸水锅里煮熟，过凉。

2. 熟牛肉切片，备用。

3. 用醋、酱油、白糖、鸡精、盐加适量水调成冷面汤，放入冰箱冰镇。

4. 面条上放泡白菜、苹果片和熟牛肉，加上辣酱，浇上冷面汤，淋上香油即可。

过桥米线

材料

米线200克，豆腐皮、菜心、豆芽、水发香菇、鸡脯肉、火腿、猪肚、猪腰、水发鱿鱼各30克。

调料

辣椒油、植物油、香菜段、葱花各适量。

做法

1. 鸡脯肉、猪肚、猪腰、水发鱿鱼切片；豆芽、香菇切段；火腿、豆腐皮切丝，全部材料洗净，焯熟。

2. 锅内倒油烧热，放入葱花和辣椒油炒香，加水烧沸，放入米线和菜心煮至入味，连汤一起装碗，撒上全部材料及香菜段即可。

咖喱牛肉粉

材料

宽粉条100克，青椒片、熟牛肉片各50克。

调料

植物油、咖喱粉、香油、盐、高汤、鸡精各适量。

做法

1. 将宽粉条用凉水泡发，入沸水锅中煮熟，捞出，过凉。

2. 锅内倒植物油烧热，下宽粉条、牛肉片、青椒片炒香，下少许高汤，再加盐、鸡精、香油调味，炒匀，撒入咖喱粉即可。

竹筒蒸饭

材料

大米300克、竹筒模具5个。

调料

高汤、葱花、盐、鸡精、料酒各适量。

做法

1. 大米淘洗净，入清水浸泡30分钟。

2. 碗中加高汤、盐、鸡精、料酒调成味汁。

3. 将大米装入竹筒内，加水，盖上盖，上笼蒸45分钟，均匀浇上味汁，再盖上盖蒸15分钟，出锅，撒上葱花即可。

糯香糍粑

材料

泡好的糯米500克，花生仁碎、核桃仁碎各50克，芝麻仁、果脯各20克。

调料

盐、植物油各适量。

做法

1. 将糯米放碗里，上笼蒸3小时，取出制成糍粑，待凉后搓条，下剂。

2. 剩余材料拌匀成馅料。

3. 锅加油烧热，放剂子用铲按成扁圆形，取馅料放在中心，烙至呈黄色时，撒盐即可。

炒年糕

材料

年糕300克、猪里脊肉120克、雪菜（腌雪里蕻）100克。

调料

料酒、酱油、淀粉、盐、植物油各适量。

做法

1. 年糕切片；猪里脊肉洗净，切丝，用料酒、酱油、淀粉腌渍入味。
2. 雪菜洗净，切小段，放入油锅中炒散，盛出。
3. 锅内倒植物油烧热，放入年糕翻炒，加盐、清水炒至年糕稍软时，倒入雪里红段、肉丝，炒匀即可。

猪瘦肉大葱蒸饺

材料

面粉500克、猪瘦肉350克、大葱200克。

调料

葱末、姜末、盐、鸡精、香油各适量。

做法

1. 猪瘦肉洗净，剁成末；大葱洗净，剁成末。
2. 将肉末放盆内，加葱末、盐、鸡精、姜末、香油拌匀成馅料。
3. 面粉用七成沸水烫成雪花状，晾凉，倒入凉水揉匀成团，搓成长条，制成约30个剂子，将剂子按扁，擀成圆皮，包上馅料，捏成月牙形饺子，即为蒸饺生坯。
4. 将蒸饺上屉，用大火沸水蒸约10分钟即可。

皮蛋瘦肉粥

材料

猪里脊肉、大米各300克，皮蛋3个。

调料

盐、料酒、植物油各适量。

做法

1. 将猪里脊肉洗净，切丁；皮蛋去壳，切丁；大米淘洗净。
2. 锅内倒水烧沸，加猪里脊肉丁、皮蛋丁、大米、盐、料酒、植物油，大火烧沸后，转小火熬至米熟即可。

营养小贴士

◆皮蛋比鸭蛋含更多矿物质，脂肪和总热量却稍有下降，它具有刺激消化器官、增进食欲等功效。

黄焖鸡粥

材料

鸡肉250克、大米50克。

调料

葱段、姜片、酱油、料酒、盐、白糖、鸡精、清汤、植物油各适量。

做法

1. 大米淘洗净，放入清水浸泡片刻，备用。
2. 鸡肉洗净，切小块，放入七成热的油锅里炸至九成熟，捞出沥油。
3. 锅复置火上，倒植物油烧热，下白糖炒至枣红色，烹入酱油、料酒、清汤、葱段、姜片烧沸，下入炸好的鸡块，烧沸，撇净浮沫，加盐、鸡精，焖至鸡肉酥烂，捞出沥油。
4. 锅内倒水烧沸，放大米烧沸，下熟鸡块，煮至米烂即可。

腐竹韭黄皮蛋汤

材料

皮蛋1个、韭黄50克、腐竹30克。

调料

盐、胡椒粉、鸡精、香油各适量。

做法

1. 皮蛋去壳，洗净，切丁；韭黄择洗干净，切段；腐竹洗净，用温水泡发，切段。

2. 锅置火上，倒水烧沸，放入皮蛋、腐竹煮15分钟，加盐，再放入韭黄煮沸，加胡椒粉、鸡精调味，淋上香油即可。

营养小贴士

◆腐竹中富含蛋白质、卵磷脂、多种矿物质，能防止因缺钙引起的骨质疏松，促进骨骼发育，对小孩、老人的骨骼生长极为有利，对缺铁性贫血有一定疗效。

雪菜笋丝汤

材料

雪菜50克、冬笋80克、鸡蛋2个（取蛋清）。

调料

盐、鸡精、香油各适量。

做法

1. 雪菜泡洗净，挤干水分，切末；冬笋去壳，洗净，切丝；鸡蛋清入碗中打散。

2. 锅置火上，倒适量清水，放入雪菜末、冬笋丝大火煮沸，加盐、鸡精调味，淋入蛋清液煮熟，调入香油即可。

鸡丝紫菜汤

材料

鸡脯肉80克，紫菜、油菜各10克。

调料

姜丝、盐、料酒、香油、鸡精各适量。

做法

1. 鸡脯肉洗净，切丝；油菜洗净，逐叶掰开；紫菜洗净撕碎。

2. 锅置火上，倒入适量清水烧沸，放入鸡丝、姜丝、料酒、盐，煮开后关火，放入紫菜、油菜叶，加香油、鸡精调味即可。

火腿冬瓜汤

材料

火腿50克、冬瓜200克。

调料

葱段、盐、高汤粉各适量。

做法

1. 火腿切小块；冬瓜去皮、瓤，洗净，切小块。

2. 锅置火上，倒入适量水煮沸，放入冬瓜块、火腿块、葱段、高汤粉煮至冬瓜透明，加盐调味即可。

营养小贴士

◆常食冬瓜能祛痰、解热、消除水肿等。

菠萝鸡汤

材料

菠萝250克、鸡脯肉150克。

调料

植物油、姜丝、盐、料酒、香油、淀粉各适量。

做法

1. 将菠萝削皮，用盐水浸泡，切扇形片；鸡脯肉洗净，切薄片，用盐、料酒、淀粉拌匀。

2. 锅置火上，倒植物油烧热，用小火将姜丝煸炒，放入鸡片，大火快炒，加菠萝片再炒，加盐和清水，大火煮沸，淋上香油即可。

酸菜牡蛎汤

材料

小牡蛎200克、酸菜100克。

调料

姜丝、清汤、盐、胡椒粉各适量。

做法

1. 小牡蛎用盐抓拌，再用清水漂洗，去除硬壳，放入清水中浸泡后捞出沥水。

2. 酸菜洗净，切粗丝，放清水浸泡片刻，放入清汤中煮沸。

3. 另起锅，将小牡蛎放入凉水锅中加热，待沸滚时，关火，捞出牡蛎，再把牡蛎放入酸菜汤中煮沸，加盐、胡椒粉调味，撒上姜丝即可。

豆腐鳕鱼羹

材料

鳕鱼250克、嫩豆腐1块、鸡蛋1个、青蒜半根。

调料

植物油、葱段、姜片、水淀粉、料酒、盐、胡椒粉各适量。

做法

1. 鳕鱼去骨、皮，鱼肉切指甲大小的片，用盐和胡椒粉腌渍15分钟；豆腐洗净，切小片；鸡蛋放碗中打散；青蒜切丝。

2. 锅中倒植物油烧热，爆香葱段、姜片和鱼骨、鱼皮，加料酒和水，煮沸后转小火煮20分钟，过滤掉鱼骨鱼皮，做成鱼高汤，加水，放豆腐煮沸，加盐、鳕鱼肉片煮沸，水淀粉勾芡，淋上蛋液，关火，撒青蒜丝和胡椒粉搅匀即可。

冬瓜薏米鲫鱼汤

材料

活鲫鱼1条、冬瓜150克、薏米50克。

调料

盐适量。

做法

1. 鲫鱼去鳞、鳃和内脏，清洗干净；冬瓜洗净，去皮、瓤，切大块；薏米洗净，浸泡1小时。

2. 锅置火上，倒入适量清水，把鲫鱼和薏米放入锅中，大火煮开后转小火煮1小时，加冬瓜块继续煮20分钟，加盐调味即可。

海鲜丸子汤

材料

猪瘦肉末200克，水发鱿鱼头1个，虾仁、蟹柳、玉兰片各20克，油菜15克。

调料

葱末、姜末、盐、料酒、淀粉、鸡精各适量。

做法

1. 将猪瘦肉末加葱末、姜末、盐、料酒、淀粉、鸡精拌匀，即成肉馅；鱿鱼头洗净，去眼睛、脆骨，切段；玉兰片洗净，切片；虾仁洗净，去沙线；蟹柳切段；油菜洗净，切段。

2. 锅置火上，倒适量清水烧沸，放入玉兰片煮沸，将肉馅挤成丸子，下入锅中，转小火煮至丸子定型，放入鱿鱼段、虾仁、蟹柳、油菜大火煮沸，加盐、鸡精调味即可。

厨艺升级私家菜

香糟肘子

材料

猪肘子1个。

调料

盐、鸡精、甜面酱、辣椒粉、醩糟各适量。

做法

1. 将猪肘子去骨，刮洗净，放入容器里，加入盐、鸡精、甜面酱、辣椒粉、醩糟抹匀，放冰箱中腌约5天。

2. 将腌渍好的肘子上笼用大火蒸好取出，拣去调料，切成厚片，装盘即可。

营养小贴士

◆猪肘营养丰富，含较多的蛋白质，特别是含有大量的胶原蛋白质，是使皮肤丰满、润泽，强体增肥的食疗佳品。

茶香猪心

材料

猪心1个、竹签少许。

调料

甘草、大料、花椒粒、桂皮、茶叶、鸡精、盐、料酒、胡椒粉各适量。

做法

1. 猪心切开，除去白筋后清洗干净，用竹签固定，再用沸水略焯烫，捞起，沥干。

2. 锅中放入甘草、大料、花椒粒、桂皮、茶叶、鸡精、盐、料酒、胡椒粉和适量清水，用大火烧沸，放入猪心转小火煮沸，关火浸泡2小时，捞出沥干。

3. 猪心放凉，取出竹签，切薄片放入盘中即可。

凉拌牛百叶

材料

水发牛百叶300克。

调料

香菜、盐、白胡椒粉、醋、鸡精、香油各适量。

做法

1. 牛百叶洗净，放入沸水锅中焯熟，去黑膜洗净，切宽条。

2. 香菜择洗净，切段。

3. 百叶条与香菜段盛盘，加入盐、白胡椒粉、醋、鸡精拌匀，淋上香油即可。

葱烧羊蹄筋

材料

水发羊蹄筋250克、葱段150克。

调料

料酒、酱油、鸡精、植物油、姜片、水淀粉、清汤、盐各适量。

做法

1. 蹄筋洗净，切段，入沸水中焯熟。

2. 锅内倒植物油烧热，放入葱段炸至金黄色，捞出放盘中，部分葱油倒入碗中。

3. 锅内放少量葱油，放姜片炒香，加料酒、清汤、盐烧沸，捞出姜片，放蹄筋、葱段、酱油，小火煨至入味，收汁，调入鸡精，用水淀粉勾芡，淋上葱油即可。

芙蓉鸡片

材料

鸡脯肉250克，鸡蛋1个（取蛋清），火腿片、冬笋片、豌豆苗各25克。

调料

鲜汤、奶汤、水淀粉、植物油、鸡精、胡椒粉、盐各适量。

做法

1. 鸡脯肉洗净，去筋，剁成蓉，放入碗中，加鲜汤、水淀粉、盐、蛋清调匀成糊状；豌豆苗洗净，切段。

2. 锅内倒植物油烧热，将鸡蓉糊顺锅边倒入锅内，待其成形捞出，即成鸡片。

3. 将油倒出，就锅下火腿片及冬笋片，放入奶汤，加盐、鸡精、胡椒粉烧沸，放入鸡片稍炒，放豌豆苗，用水淀粉勾芡即可。

番茄鱼

材料

草鱼1条、番茄2个。

调料

番茄酱、料酒、盐、胡椒粉、植物油、葱花、姜片、蒜粒、香油各适量。

做法

1. 番茄洗净，焯烫去皮，切块；草鱼处理洗净，切小块，用料酒、盐、胡椒粉腌渍。

2. 锅内倒植物油烧热，下入番茄块翻炒，加番茄酱翻炒成酱盛出。

3. 油锅加热，放葱花、姜片爆香，倒鱼块煎炒，倒番茄酱、蒜粒、胡椒粉稍煮，淋香油，撒葱花即可。

油爆鱿鱼卷

材料

水发鱿鱼2条。

调料

盐、葱片、鸡精、鲜汤、料酒、酱油、白糖、醋、水淀粉、植物油各适量。

做法

1. 鱿鱼洗净，剞上花刀，再切长方块，放入沸水锅中焯烫，卷成筒形。

2. 锅置火上，倒入植物油烧至五成热，放鱿鱼过油，盛出。

3. 锅留底油，放葱片略煸，加鲜汤、盐、鸡精、料酒、酱油、白糖、醋调味，烧沸后，用水淀粉勾芡，倒入鱿鱼卷，翻炒均匀即可。

芥末菠菜

材料

菠菜300克、胡萝卜50克、粉丝80克。

调料

味汁（盐、白糖、醋、芥末、香油）适量。

做法

1. 菠菜洗净，放入沸水中焯烫，捞出，过凉，挤干水分，切小段；胡萝卜去皮洗净，切丝，放入沸水锅中焯熟，过凉，沥干；粉丝洗净，放温水浸泡后煮熟，捞出沥干。

2. 将菠菜段、胡萝卜丝和粉丝放在盘中，浇上调好的味汁拌匀即可。

营养小贴士

◆此菜黄、绿、白相间，十分悦目，可增进食欲，也是极佳的下酒小菜。菠菜对缺铁性贫血有改善作用，是养颜佳品；胡萝卜含有胡萝卜素，常吃可增强人体免疫力。

芙蓉丝瓜

材料

丝瓜1根、鸡蛋1个。

调料

姜丝、植物油、盐、鸡精、水淀粉各适量。

做法

1. 丝瓜去皮、瓤，洗净，切滚刀块；鸡蛋放碗中打散，加盐调匀，放入油锅内炒成蛋块，盛出。

2. 锅内倒植物油烧热，炒香姜丝，放入丝瓜炒熟，加盐和鸡精调味，再拌入蛋块同炒，加水淀粉勾芡，炒匀即可。

蚕豆百合

材料

蚕豆150克、百合100克、枸杞子10克。

调料

植物油、盐、蒜末、水淀粉各适量。

做法

1. 蚕豆洗净，剥皮，放入沸水锅中焯烫；百合洗净放入清水泡发；枸杞子洗净，放清水泡发备用。

2. 锅内倒植物油烧热，爆香蒜末，放蚕豆爆炒稍焖，放百合翻炒，加盐调味，撒枸杞子，用水淀粉勾芡即可。

毛豆蒸香干

材料

熏豆腐干200克、毛豆150克、红尖椒100克。

调料

植物油、盐、生抽、香油各适量。

做法

1. 熏豆腐干洗净，切片；毛豆洗净，沥水；红尖椒洗净，去蒂、子、切圈。

2. 锅内倒植物油烧至六成热，将熏豆腐干片、毛豆放入过油捞出，沥油，倒入盘中。

3. 盘中加盐、生抽、香油拌匀，把红尖椒圈放在上面，入笼蒸8分钟即可。

营养小贴士

◆熏豆腐干营养丰富，含有大量蛋白质、脂肪、糖类，还含有钙、磷、铁等多种人体所需要的矿物质。

爆炒四素

材料

熟胡萝卜200克，熟土豆泥150克，水发香菇、水发腐竹各50克。

调料

姜末、葱花、盐、鸡精、醋、香油、胡椒粉、香菜段、植物油各适量。

做法

1. 熟胡萝卜轻拍；香菇洗净，切丝；腐竹洗净，切段。
2. 锅内倒植物油烧热，放姜末、葱花爆香，放入全部材料煸炒，加盐、鸡精，烹入醋和香油，撒胡椒粉，放香菜段即可。

蚝油鲜菇

材料

鲜香菇400克。

调料

蚝油、蒜末、料酒、盐、植物油各适量。

做法

1. 鲜香菇洗净，去蒂，切片。
2. 锅内加水，放盐、植物油加热，放香菇烧沸，捞出，过凉。
3. 锅内倒植物油烧至五成热，放入蒜末爆香，加蚝油翻炒，下料酒、盐和适量水，烧沸后，淋在香菇上即可。

金菇鸡毛菜

材料

金针菇150克、鸡毛菜200克。

调料

葱末、姜末、盐、鸡精、植物油各适量。

做法

1. 金针菇洗净去蒂；鸡毛菜择洗净，捞出，沥水。
2. 锅内倒植物油烧热，爆香葱末、姜末，加金针菇翻炒，再放鸡毛菜略炒，调入盐、鸡精即可。

猴头菇炖豆腐

材料

猴头菇、豆腐各200克，火腿15克。

调料

盐、鸡精、葱段、姜片、香菜末、植物油各适量。

做法

1. 猴头菇洗净，放入清水浸泡30分钟，去蒂，撕开，挤干水分；豆腐洗净，切块；火腿洗净，切丁。
2. 锅内倒植物油烧热，爆香葱段、姜片，放猴头菇炒至半熟，加盐、火腿丁、豆腐块和适量水大火烧沸，撇去浮沫，调入鸡精，撒上香菜末即可。

尖椒炒牛肝菌

材料

干牛肝菌100克、尖椒50克。

调料

葱段、姜片、蒜末、盐、生抽、鸡精、植物油各适量。

做法

1. 牛肝菌用温水泡发洗净，去蒂，切片，放入沸水锅中焯水，捞出，沥干；尖椒洗净，去蒂、子，切菱形片。
2. 锅内倒植物油烧热，加葱段、姜片、蒜末炒香，加尖椒翻炒，再放牛肝菌，调入盐、生抽、鸡精，炒匀即可。

营养小贴士

◆牛肝菌是珍稀菌类，香味独特，富含蛋白质、糖类、维生素及钙、磷、铁等矿物质，有防病治病、强身健体的功能，特别对糖尿病有很好的疗效。

打卤面

材料
面粉300克，猪瘦肉100克，大头菜、绿豆芽各50克。

调料
芝麻、盐、醋、香油、淀粉、酱油各适量。

做法
1. 面粉加水和好，揉搋制成面条；芝麻炒熟，碾成粉末，加盐拌匀。
2. 大头菜洗净，切丝，和绿豆芽一起放入沸水锅中焯水，过凉。
3. 猪瘦肉洗净，切丁，加盐、醋、香油、淀粉、酱油炒成卤汁。
4. 面条下入锅中煮熟，过凉，盛入碗中，浇上卤汁，撒熟芝麻，放入大头菜丝、绿豆芽即可。

鱼汤小刀面

材料
小刀面200克、银鱼50克、油菜30克。

调料
葱段、姜片、鱼骨汤、植物油、盐、鸡精、料酒各适量。

做法
1. 油菜洗净；银鱼洗净，放水浸泡；锅内倒水烧沸，放小刀面煮熟，捞出，过凉，盛入碗内。
2. 锅内倒植物油烧热，放葱段、姜片炒香，倒入鱼骨汤，再捞出葱段、姜片，加盐、鸡精、料酒和银鱼、油菜煮沸。
3. 把煮好的汤倒入面碗中即可。

羊肉泡馍

材料
净羊肉块500克、粉丝10克、馍5个。

调料
羊骨头汤、葱花、盐、料酒、鸡精、香油各适量。

做法
1. 羊肉块用盐、料酒腌渍片刻；馍掰成小块备用。
2. 将羊骨头汤加适量水倒入锅内烧沸，撇沫，把肉、掰好的馍、粉丝一并倒入汤中，加盐、料酒、鸡精，大火煮2分钟，淋上香油，盛入碗内，撒葱花即可。

萝卜丝饼

材料
面粉500克、白萝卜250克、火腿丁50克。

调料
盐、鸡精、葱花、姜末、香油、白糖、植物油各适量。

做法
1. 白萝卜洗净，去皮，切丝，加盐拌匀挤去水分；火腿丁、葱花、姜末放入萝卜丝中，加盐、鸡精、白糖、香油搅拌成萝卜丝馅。
2. 面粉加适量温水和成面团，揉透揉好，搓成长条，下面剂子，把剂子按扁，擀成皮，包入萝卜丝馅，收口，按平，即成面饼生坯。
3. 平底锅置火上，加植物油烧热，把面饼生坯放在平底锅中烙熟即可。

糖不甩

材料
糯米粉250克。

调料
植物油、花生仁碎、芝麻、白糖、椰丝各适量。

做法

1. 花生仁碎和芝麻拌匀，放油锅中炒香，捞出，加椰丝和白糖拌匀成调料；锅置火上，加水、白糖用中火煮成糖浆。

2. 用筛子过滤糯米粉，倒水搓成粉团，搓成小丸子放入沸水中煮熟，捞出，沥水。

3. 将糯米汤丸放入糖浆中，取出，撒上调料即可。

芸豆猪瘦肉水饺

材料
面粉500克、猪瘦肉末400克、芸豆150克。

调料
香油、酱油、料酒、盐、鸡精、葱末、姜末各适量。

做法

1. 面粉和成凉水面团盖上湿布，饧30分钟；芸豆洗净，放清水浸泡30分钟，捞出放沸水锅中焯熟，剁碎。

2. 猪瘦肉末放入盆内，加适量清水，搅打至黏稠，加芸豆末、料酒、酱油、盐、鸡精、葱末、姜末和香油，拌匀成馅。

3. 将饧好的面团揉匀，搓条，做成小剂子，擀成圆形皮，包入馅心，捏成饺子。

4. 锅置火上，加水烧沸，下饺子，边下边用勺慢慢推转，煮2分钟，饺子起浮，加盖焖5分钟，再小火煮3分钟即可。

人参雪蛤粥

材料
大米100克、鲜人参1根、雪蛤25克。

调料
冰糖适量。

做法

1. 人参洗净，切薄片；雪蛤用温水泡发回软。

2. 大米洗净，浸泡30分钟，倒入锅中，大火烧沸，转小火煮30分钟，下人参片和冰糖，搅匀煮25分钟，下雪蛤稍煮片刻即可。

炒八宝饭

材料
糯米200克，莲子、桂圆肉、梅子、蜜枣各10克。

调料
白糖、植物油、水淀粉、桂花各适量。

做法

1. 将糯米淘洗净，浸泡1~2小时，盛入碗中，加水，上笼蒸30分钟至熟；莲子、桂圆肉、梅子洗净，莲子去莲心。

2. 锅内倒植物油、水、白糖烧热，待糖溶化后，下水淀粉勾芡，再将糯米饭倒入炒透，最后放莲子、梅子、蜜枣、桂圆肉拌匀，撒上桂花略炒即可。

营养小贴士

◆糯米味甘、性温，能够补养体气，主要功能是温补脾胃，缓解气虚所导致的盗汗等症状。

花生仁红枣排骨汤

材料

排骨500克、花生仁100克、红枣10颗。

调料

姜片、料酒、盐、陈皮各适量。

做法

1. 排骨洗净，切小段，放入沸水锅中焯水，捞出沥干。
2. 锅内加水，放排骨段、花生仁、红枣、陈皮、姜片、料酒，大火煮沸，转小火煲约1.5小时至熟烂，加盐调味即可。

营养小贴士

◆猪排骨能提供人体生理活动必需的优质蛋白质、脂肪，还含有丰富的钙质，常食可维护骨骼健康。

素罗宋汤

材料

番茄块100克，洋葱片、胡萝卜片、圆白菜各50克。

调料

蒜片、番茄酱、盐、面粉、植物油各适量。

做法

1. 圆白菜洗净，切大片。
2. 锅内倒植物油烧热，爆香蒜片，加洋葱片、圆白菜略炒，加番茄酱拌匀，盛入碗中。
3. 锅中加水煮沸，下胡萝卜片、番茄块煮沸，转小火煮至胡萝卜软烂，加盐调味，加一碗面粉，水煮沸浇入圆白菜中即可。

菊花肉片汤

材料

猪瘦肉250克、菊花50克、蜜枣20克。

调料

盐、生抽、白糖、姜片各适量。

做法

1. 猪瘦肉洗净，切薄片，加生抽、白糖、盐拌匀腌渍；菊花择瓣，用淡盐水冲洗，再用水浸泡，捞起。
2. 锅内倒水，放姜片煮沸，加猪瘦肉片、蜜枣煮熟透，放入菊花瓣烧沸，用盐调味即可。

黄豆蹄筋汤

材料

猪蹄筋100克、黄豆25克、红辣椒2个。

调料

盐、料酒、鸡精、胡椒粉各适量。

做法

1. 猪蹄筋泡发，洗净，焯烫；黄豆泡发，洗净；红椒洗净，去蒂、子。
2. 将蹄筋、黄豆、红辣椒同入锅中煮沸，小火炖至软烂，加盐、料酒、鸡精、胡椒粉调味即可。

莲子猪肚汤

材料

毛肚400克、莲子50克。

调料

植物油、葱段、姜片、盐、料酒、鸡精、白糖各适量。

做法

1. 毛肚洗净，切片；莲子洗净，去莲心，放水中泡软。
2. 锅内倒植物油烧热，下葱段、姜片炒香，加适量沸水，下莲子煮30分钟，下毛肚、盐、鸡精、白糖、料酒煮至毛肚熟即可。

鸭架豆腐汤

材料

鸭架1副、豆腐300克。

调料

葱段、姜片、盐、鸡精、料酒、植物油各适量。

做法

1. 鸭架洗净，剁小块；豆腐洗净，切块。

2. 锅内倒植物油烧热，放葱段、姜片爆香，下鸭架、料酒翻炒，加水煮沸，再倒入豆腐块，小火煮熟，加盐、鸡精调味即可。

香菇笋鸡汤

材料

水发香菇150克、熟鸡块250克、春笋100克。

调料

葱段、姜片、料酒、清汤、盐、鸡精、植物油各适量。

做法

1. 香菇去蒂，洗净，挤干水分，切片；春笋去皮，洗净，切片。

2. 锅内倒油烧热，加葱段、姜片、香菇片、春笋片稍煸炒，加鸡块、清汤、料酒，烧沸后撇去浮沫，加盐、鸡精,拣去葱段、姜片即可。

章鱼骨髓汤

材料

章鱼1条、芡实120克、牛骨髓300克。

调料

陈皮、盐各适量。

做法

1. 章鱼用清水浸软，洗净，切片。

2. 芡实用清水浸透，洗净；牛骨髓和陈皮用清水洗净。

3. 锅内倒水大火烧沸，放入章鱼片、芡实、牛骨髓、陈皮，转中火继续煲3小时，加盐调味即可。

木瓜鱼汤

材料

生鱼1条、木瓜1/4个。

调料

姜丝、盐各适量。

做法

1. 生鱼处理洗净，切块，炸熟，捞出；木瓜洗净，去皮、子，切块。

2. 锅内加水，下鱼块、姜丝，大火煮约40分钟。

3. 汤色变白后转小火，下木瓜煮约20分钟，加盐调味即可。

营养小贴士

◆木瓜中维生素C含量丰富，还含有17种以上氨基酸及多种营养元素。

莲藕金笋牛腱汤

材料

牛腱子肉200克、莲藕150克、春笋100克。

调料

姜片、料酒、盐、胡椒粒各适量。

做法

1. 牛腱子肉洗净，切小块，放入锅中，加水，大火烧沸，去血水，捞出沥干。

2. 莲藕去皮，洗净，切小块；春笋去皮洗净，切块。

3. 锅内倒水，放入牛肉块、姜片、胡椒粒、料酒，大火煮沸，转小火炖煮约1.5小时，加入莲藕、春笋炖煮约30分钟至熟烂，加盐调味即可。

营养小贴士

◆牛肉含有锌、铁、蛋白质、大量B族维生素和肉毒碱，对肌肉生长很有好处。

黄瓜金针菇汤

🌱 材料

金针菇80克、香菇20克、黄瓜100克。

🥄 调料

清汤、香菜、盐、味精各适量。

做法

1. 黄瓜洗净、切片；香菇入清水泡发，洗净切条；金针菇洗净，撕开；香菜洗净，切段。

2. 锅置火上，倒入清汤，大火煮沸，放入香菇条、金针菇煮熟，放入黄瓜片稍煮。

3. 加盐、味精调味，撒上香菜段即可。

草菇鸡毛菜汤

🌱 材料

草菇、鸡毛菜各100克，金针菇50克。

🥄 调料

高汤、水淀粉、盐、味精、香油各适量。

做法

1. 草菇洗净，切成两半；金针菇洗净；将草菇与金针菇分别入沸水中稍焯；鸡毛菜洗净备用。

2. 锅内倒入高汤，大火煮沸，放入草菇、金针菇、鸡毛菜，煮沸后加盐、味精调味，用水淀粉勾芡，淋入香油即可。

👨‍🍳 营养小贴士

◆如果家中没有熬好的高汤，可以去超市购买袋装的速溶高汤，味道一样鲜美可口。

银耳山药甜汤

🌱 材料

山药60克、银耳30克、莲子20克、红枣10个、桂圆肉10克。

🥄 调料

冰糖适量。

做法

1. 银耳泡软洗净，去蒂，撕小朵；莲子洗净去心，入清水中浸泡半小时；山药去皮洗净，切片；红枣、桂圆肉分别洗净。

2. 煲锅中加入适量清水，放入所有材料，大火煮沸后改小火煮至莲子将烂，加入冰糖即可。

百合山药枸杞甜汤

🌱 材料

山药150克、干百合20克、枸杞子10克。

🥄 调料

冰糖适量。

做法

1. 山药去皮洗净，切小块；干百合、枸杞子分别用清水洗净，入水稍浸泡。

2. 锅置火上，倒入适量清水，大火煮沸，放入山药块、百合，改小火煮至山药块熟烂，加入枸杞子小火煮约10分钟，加冰糖煮至糖溶化即可。

👨‍🍳 营养小贴士

◆将洗切好的山药块放入清水中完全浸泡，这样可以使山药隔绝氧气不变黑。

自制家常开胃小咸菜的秘诀 >>>

　　用家常食材，借简单方法就可以制作出爽口的小咸菜，下面就把开胃小咸菜介绍给你，不妨也按照这个方法给家人调制一道酸甜的开胃小咸菜吧！

韩国辣白菜

材料

大白菜、白萝卜、梨、蒜泥、辣椒粉、虾酱、葱姜末、鸡精、白糖、盐。

做法

　　白萝卜、梨切丝；大白菜洗净，切瓣，沥水。

　　用温开水把辣椒粉调成糊，加虾酱、葱姜末、蒜泥、鸡精和少量的白糖调匀，将白萝卜和梨子丝和酱料混匀成调料。

　　用开水把盐化开，放适量冷开水，把大白菜放入浸泡 12 小时，捞出，稍微沥干水分，然后把叶子扒开一层层地抹盐，腌渍 8 小时。

　　把腌好的白菜叶扒开，将调料一层层抹到白菜叶上，再把白菜放入干净的保鲜盒中盖上盖子放在阴凉处 5~7 天即可。

咸鸭蛋

材料

鸭蛋、黄沙、盐、植物油。

做法

　　先将黄沙倒入盆中，加盐、植物油和水，搅拌成糊状。

　　将洗净晾干的鲜鸭蛋逐个放入粘上沙子，待鸭蛋均匀粘上泥沙后取出，放入食品袋或其他容器中。3 周后即可取出洗去泥沙煮食即可。

> **提示**
>
> 若无黄沙，可用其他普通沙代替，如果沙子的黏性不好，可加上少量的黏土。

萝卜泡菜

材料

白萝卜、萝卜缨、大粒盐、葱段、红辣椒。

做法

　　将白萝卜洗净，削去皮，切小丁；萝卜缨洗净，切长段；在萝卜和萝卜缨上撒些大粒盐，腌渍 30 分钟，捞出；红辣椒洗净，去子。

　　将辣椒放入搅拌机磨成末，加入盐拌成泡菜调料，将萝卜、萝卜缨和葱段用调料拌匀腌渍 25 小时即可。

甜酱腌黄瓜

材料

黄瓜、盐、甜面酱、五香粉、蒜瓣、白糖、芝麻、香油。

做法

　　将黄瓜洗净放缸中，加盐腌渍 3~4 天，捞出，沥水，放盆中。加甜面酱、五香粉、蒜瓣、白糖拌匀，入缸密封 7 天。

　　黄瓜拿出切片，加芝麻和香油拌匀即可。

腊八蒜

材料

大蒜、醋。

做法

　　将大蒜剥去外皮，去蒂，放入密封的坛子中，将醋倒入，直至没过蒜瓣。

　　将容器密封，放阴凉处腌渍 7~10 天即可。

图书在版编目（CIP）数据

新编拿手家常菜328例／《健康餐桌》编委会 编．—重庆：重庆出版社，2008.11

（健康餐桌，第2辑）

ISBN 978-7-229-00328-9

Ⅰ.新… Ⅱ.健… Ⅲ.菜谱 Ⅳ.TS972.12

中国版本图书馆CIP数据核字（2008）第182595号

新编拿手家常菜328例

出 版 人：罗小卫　　　　　　　装帧设计：夏　鹏　李自茹

策　　划：华章同人　　　　　　美术编辑：张丽娟

责任编辑：陈建军　陈　丽　　　排版制作：思想工社

特约编辑：蔡　霞　胡　淼

文图编撰：悦然生活文化工作室

摄　　影：刘志刚　刘　计

重庆出版集团
重庆出版社 出版

（重庆长江二路205号）

廊坊市兰新雅彩印有限公司 印刷

重庆出版集团图书发行公司 发行

邮购电话：010-85869375/76/77转810

E-MAIL：sales@alphabooks.com

全国新华书店经销

开本：787mm×1092mm 1/16 印张：6 字数：70千字

2009年1月第1版 2009年1月第1次印刷

定价：13.80元

如有印装质量问题，请致电023-68706683